U0646461

壹本 ONE BOOK

迟子建 精读

北方的盐

迟子建 著

浙江文艺出版社
Zhejiang Literature & Art Publishing House

目录

小说

散文

小　说

　　泪鱼是逝川独有的一种鱼。身体
呈扁圆形，红色的鳍，蓝色的鳞片。
每年只在第一场雪降临之后才出现，
它们到来时整条逝川便发出呜呜呜的
声音。

清水洗尘

　　天灶觉得人在年关洗澡跟给死猪煺毛一样没什么区别。猪被刮下粗粝的毛后显露出又白又嫩的皮，而人搓下满身的尘垢后也显得又白又嫩。不同的是猪被分割后成为了人口中的美餐。

　　礼镇的人把腊月二十七定为放水的日子。所谓"放水"，就是洗澡。而郑家则把放水时烧水和倒水的活儿分配给了天灶。天灶从八岁起就开始承担这个任务，一做就是五年了。

　　这里的人们每年只洗一回澡，就是在腊月二十七的这天，虽然平时妇女和爱洁的小女孩也断不了洗洗刷刷，但只不过是小打小闹地洗。譬如妇女在夏季从田间归来路过水泡子时洗洗脚和腿，而小女孩在洗头发后就着水洗洗脖子和腋窝。所以盛夏时许多光着脊梁的小男孩的脖子和肚皮都黑黢黢的，好像那上面匍匐着黑蝙蝠。

天灶住的屋子被当成了浴室。火墙烧得很热，屋子里的窗帘早早就拉上了。天灶家洗澡的次序是由长至幼，老人、父母，最后才是孩子。爷爷未过世时，他是第一个洗澡的人。他洗得飞快，一刻钟就完了，澡盆里的水也不脏，于是天灶便就着那水草草地洗一通。每个人洗澡时都把门关紧，门帘也落下来。天灶洗澡时母亲总要在外面敲着门说："天灶，妈帮你搓搓背吧？"

"不用！"天灶像条鱼一样蜷在水里说。

"你一个人洗不干净！"母亲又说。

"怎么洗不干净。"天灶便用手指撩水，使之发出哗啦哗啦的声响，仿佛在告诉母亲他洗得很卖力。

"你不用害臊。"母亲在门外笑着说，"你就是妈妈生出来的，还怕妈妈看吗？"

天灶便在澡盆中下意识地夹紧了双腿，他红头涨脸地嚷："你老说什么？不用你洗就是不用你洗！"

天灶从未拥有过一盆真正的清水来洗澡。因为他要蹲在灶台前烧水，每个人洗完后的脏水还要由他一桶桶地提出去倒掉，所以他只能见缝插针地就着家人用过的水洗。那种感觉一点也不舒服，纯粹是在应付。而且不管别人洗过的水有多干净，他总是觉得很浊，进了澡盆泡上个十几分钟，随便搓搓就出来了。他也不喜欢父母把他的住屋当成浴室,弄得屋子里空气湿浊,电灯泡上爬满了水珠,他晚上睡觉时感觉是睡在猪圈里。所以今年一过完小年,他就对母亲说:"今年洗澡该在天云的屋子里了。"

天云当时正在叠纸花,她气得一梗脖子说:"为什么要在我的屋子?"

"那为什么年年都非要在我的屋子?"天灶同样气得一梗脖子说。

"你是男孩子!"天云说,"不能弄脏女孩子的屋子!"天云振振有词地说,"而且你比我大好几岁,是哥哥,你还不让着我!"

天灶便不再理论,不过兀自嘟囔了一句:"我讨厌过年!年有个什么过头!"

家人便纷纷笑起来。自从爷爷过世后,奶奶在家中很少笑过,哪怕有些话使全家人笑得像开了的水直沸腾,她也无动于衷,大家都以为她耳朵背了。岂料她听了天灶的话后也使劲地笑了起来,笑得痰直上涌,一阵咳嗽,把假牙都喷出口来了。

天灶确实不喜欢过年。首先不喜欢过年的那些规矩,焚纸祭祖,磕头拜年,十字路口的白雪被烧纸的人家弄得像一摊摊狗屎一样脏,年仿佛被鬼气笼罩了。其次他不喜欢忙年的过程,人人都累得腰酸背痛,怨声连天。拆被、刷墙、糊灯笼、做新衣、蒸年糕等等，种种的活儿把大人孩子都牵制得像刺猬一样团团转。而且不光要给屋子扫尘，人最后还得为自己洗尘，一家老少在腊月二十七的这天因为卖力地搓洗掉一年的风尘而个个都显得面目浮肿，总是使他联想到屠夫用铁刷嚓嚓地给死猪煺毛的情景，内心有种隐隐的恶心。最后，他不喜欢过年时所有人都穿扮一新，新衣裳使人们显得古板可笑、拘谨做作。如果穿新衣服的人站成了一排，就很容易使天灶联想起城里布店里竖着的一匹匹僵直的布。而且天灶不能容忍过年非要在半夜过，那时他又困又乏，毫无食欲，可却要强打精神起来吃团圆饺子，他烦透了。他不止一次地想若是他手中有了至高无上的权力，第一项就要修改过年的时间。

奶奶第一个洗完了澡。天灶的母亲扶着颤颤巍巍的她出来了。天灶看见奶奶稀疏的白发湿漉漉地垂在肩头，下垂的眼袋使突兀的颧骨有一种要脱落的感觉。而且她脸上的褐色老年斑被热气熏炙得愈发浓重，仿佛雷雨前天空中沉浮的乌云。天灶觉得洗澡后的奶奶显得格外臃肿，像只烂蘑菇一样让人看不得。他不知道人老后是否都是这副样子。奶奶嘘嘘地喘着粗气经过灶房回她的屋子，她见了天灶就说："你烧的水真热乎，洗得奶奶这个舒服，一年的乏算是全解了。你就着奶奶的水洗洗吧。"

母亲也说："奶奶一年也不出门，身上灰不大，那水还干净着呢。"

天灶并未搭话，他只是把柴火续了续，然后提着脏水桶进了自己的屋子。湿浊的热气在屋子里像癞皮狗一样东游西蹿着，电灯泡上果然浮着一层鱼卵般的水珠。天灶吃力地搬起大澡盆，把水倒进脏水桶里，然后抹了抹额上的汗，提起桶出去倒水。路过灶房的时候，他发现奶奶还没有回屋，她见天灶提着满桶的水出来了，就张大了嘴，眼睛里现出格外凄凉的表情。

"你嫌奶奶——"她失神地说。

天灶什么也没说，他拉开门出去了。外面又黑又冷，他摇摇晃晃地提着水来到大门外的排水沟前。冬季时那里隆起了一个肮脏的大冰湖，许多男孩子都喜欢在冰湖下抽陀螺玩，他们叫它"冰嘎"。他们抽得很卖力，常常是把鼻涕都抽出来了。他们不仅白天玩，晚上有时月亮明得让人在屋子里待不住，他们便穿上厚棉袄出来抽陀螺，深冬的夜晚就不时传来"啪——啪"的声音。

天灶看见冰湖下的雪地里有个矮矮的人影，他躬着身，似乎在寻找什么，手中夹着的烟头一明一灭的。

"天灶——"那人直起身说，"出来倒水啦?"

天灶听出是前趟房的同班同学肖大伟，便一边吃力地将脏水桶往冰湖上提，一边问："你在这干什么?"

"天快黑时我抽冰嘎，把它抽飞了，怎么也找不到。"肖大伟说。

"你不打个手电，怎么能找着？"天灶说着，把脏水"哗——"地从冰湖的尖顶当头浇下。

"这股洗澡水的味儿真难闻。"肖大伟大声说，"肯定是你奶奶洗的！"

"是又怎么样？"天灶说，"你爷爷洗出的味儿可能还不如这好闻呢！"

肖大伟的爷爷瘫痪多年，屎尿都得要人来把，肖大伟的妈妈已经把一头乌发侍候成了白发，声言不想再当孝顺儿媳了，要离开肖家，肖大伟的爸爸就用肖大伟抽陀螺的皮鞭把老婆打得身上血痕纵横，弄得全礼镇的人都知道了。

"你今年就着谁的水洗澡？"肖大伟果然被激怒了，他挑衅地说，"我家年年都是我头一个洗，每回都是自己用一盆清水！"

"我自己也用一盆清水！"天灶理直气壮地说。

"别吹牛了！"肖大伟说，"你家年年放水时都得你烧水，你总是就着别人的脏水洗，谁不知道呢？"

"我告诉你爸爸你抽烟了！"天灶不知该如何还击了。

"我用烟头的亮儿找冰嘎，又不是学坏，你就是告诉他也没用！"

天灶只有万分恼火地提着脏水桶往回走，走了很远的时候，他又回头冲肖大伟喊道："今年我用清水洗！"

天灶说完抬头望了一下天，觉得那迤逦的银河"刷"地亮了一层，仿佛是清冽的河水要倾盆而下，为他除去积郁在心头的怨愤。

奶奶的屋子传来了哭声，那苍老的哭声就像山洞的滴水声一样滞浊。

天灶拉开锅盖，一舀舀地把热水往大澡盆里倾倒。这时天灶的父亲过来了，他说："看你，把奶奶惹伤心了。"

天灶没说什么，他往热水里又兑了一些凉水。他用手指试了试水温，觉得若是父亲洗恰到好处，他喜欢凉一些的；若是天云或者母亲洗就得再加些热水。

"该谁了？"天灶问。

"我去洗吧。"父亲说，"你妈妈得陪奶奶一会儿。"

这时天云忽然从她的房间冲了出来，她只穿件蓝花背心，露出两条浑圆的胳膊，披散着头发，像个小海妖。她眼睛亮亮地说："我去洗！"父亲说："我洗得快。"

"我把辫子都解开了。"天云左右摇晃着脑袋，那发丝就像鸽子的翅膀一样起伏着，她颇为认真地对父亲说，"以后我得在你前面洗，你要是先洗了，我再用你用过的澡盆，万一怀上一个孩子怎么办？算谁的？"

父亲笑得把一口痰给喷了出来，而天灶则笑得撒下了水瓢，天云嘟着丰满的小嘴，脸红得像炉膛里的火。

"谁告诉你用了爸爸洗过澡的盆，就会怀小孩子？"父亲依然"嘀嘀"地笑着问。

"别人告诉我的,你就别问了。"

天云开始指手画脚地吩咐天灶:"我要先洗头,给我舀上一脸盆的温水,我还要用妈妈使的那种带香味的蓝色洗头膏!"

天云无忌的话已使天灶先前沉闷的心情为之一朗,因而他很乐意地为妹妹服务。他拿来脸盆,刚要往里舀水,天云跺了一下脚一迭声地说:"不行不行!这么埋汰的盆,要给我刷干净了才能洗头!"

"挺干净的嘛。"父亲打趣天云。

"你们看看呀?盆沿儿那一圈油泥,跟蛇寡妇的大黑眼圈一样明显,还说干净呢!"天云梗着脖子一脸不屑地说。

蛇寡妇姓程,只因她喜欢跟镇子里的男人眉来眼去的,女人背地说她是毒蛇变的,久而久之就把她叫成了蛇寡妇。蛇寡妇没有子嗣,自在得很,每日都起得很迟,眼圈总是青着,让人不明白她把觉都睡到哪里了。她走路时习惯用手捶着腰。她喜欢镇子里的小女孩,女孩们常到蛇寡妇家翻腾她的箱底,把她年轻时用过的一些头饰都用甜言蜜语泡走了。

"我明白了——"天云的父亲说,"是蛇寡妇跟你说怀小孩子的事,这个骚婆子!"

"你怎么张口就骂人呢?"天云说,"真是!"

天灶打算用肥皂除掉污垢,可天云说用碱面更合适,天灶只好去碗柜中取碱面。他不由对妹妹说："洗个头还这么啰嗦，不就几根黄毛吗？"

天云顺手抓起几粒黄豆朝天灶撒去，说："你才是黄毛呢。"又说："每年只过一回年，我不把头洗得清清亮亮的，怎么扎新的头绫子？"

他们在灶房斗嘴嬉笑的时候，哭声仍然微风般地从奶奶的屋里传出。

天云说："奶奶哭什么？"

父亲看了一眼天云，说："都是你哥哥，不用奶奶的洗澡水，惹她伤心了。这个年她恐怕不会有好心情了。"

"那她还会给我压岁钱吗？"天云说，"要是没有了压岁钱，我就把天灶的课本全撕了，让他做不成寒假作业，开学时老师训他！"

天云在与天灶一团和气时称他为"哥哥"，而天灶稍有一点使她不开心了，她就直呼其名。

天灶刷干净了脸盆，他说："你敢把我的课本撕了，我就敢把你的新头绫子铰碎了，让你没法扎黄毛小辫！"

天云咬牙切齿地说："你敢！"

天灶一边往脸盆哗哗地舀水，一边说："你看我敢不敢？"

天云只能半是撒娇半是委屈地噙着泪花对父亲说："爸爸呀，你看看天灶——"

"他敢！"父亲举起了一只巴掌，在天灶面前比划了一下，说，"到时我搂出他的屁来！"

天灶把脸盆和澡盆一一搬进自己的小屋。天云又声称自己要冲两遍头，让天灶再准备两盆清水。她又嫌窗帘拉得不严实，别人要是看见了怎么办？天灶只好把窗帘拉得更加密不透光，又像仆人一样恭恭敬敬地为她送上毛巾、木梳、拖鞋、洗头膏和香皂。天云这才像个女皇一样款款走进浴室，她闩上了门。隔了大约三分钟，从里面便传出了撩水的声音。

父亲到仓棚里去找那对塑料红色宫灯去了，它们被闲置了一年，肯定灰尘累累，家人都喜欢用天云洗过澡的水来擦拭宫灯，好像天云与鲜艳和光明有着密不可分的联系似的。

天灶把锅里的水添满，然后又续了一捧柴火，就悄悄离开灶台去奶奶的屋门前偷听她絮叨些什么。

奶奶边哭边说："当年全村的人数我最干净，谁不知道哇？我要是进了河里洗澡，鱼都躲得远远的，鱼天天待在水里，它们都知道身上没有我白，没有我干净……"

天灶忍不住捂着嘴偷偷乐了。

母亲顺水推舟地说："天灶这孩子不懂事，妈别跟他一般见识。妈的干净咱礼镇的人谁不知道？妈下的大酱左邻右舍都爱来要着吃，除了味儿跟别人家的不一样外，还不是因为干净？"

　　奶奶微妙地笑了一声，然后依然带着哭腔说："我的头发从来没有生过虱子，胳肢窝也没有臭味。我的脚趾盖里也不藏泥，我洗过澡的水，都能用来养牡丹花！"

　　奶奶的这个推理未免太大胆了些，所以母亲也忍不住"扑哧"一声乐了。天灶更是忍俊不禁，连忙疾步跑回灶台前，蹲下来对着熊熊的火焰哈哈地笑起来。这时父亲带着一身寒气提着两盏陈旧的宫灯进来了，他弄得满面灰尘，而且冻出了两截与年龄不相称的清鼻涕，这使他看上去像个捡破烂儿的。他见天灶笑，就问："你偷着乐什么？"

　　天灶便把听到的话小声地学给父亲。

　　父亲放下宫灯笑了："这个老小孩！"

　　锅里的水被火焰煎熬得吱吱直响，好像锅灶是炎夏，而锅里焖着一群知了，它们在不停地叫嚷，"热死了，热死了"。火焰把天灶烤得脸颊发烫，他就跑到灶房的窗前，将脸颊贴在蒙有白霜的玻璃上。天灶先是觉得一股寒冷像针一样深深地刺痛了他，接着就觉得半面脸发麻，当他挪开脸颊时，一块半月形的玻璃本色就赫然显露出来。天灶擦了擦湿漉漉的脸颊，透过那块霜雪消尽的玻璃朝外面望去。院子里黑魆魆的，什么都无法看清，只有天上的星星才现出微弱的光芒。天灶叹了一口气，很失落地收回目光，转身去看灶坑里的火。他刚蹲下身，灶房的门突然开了，一股寒气背后站着一个穿绿色软缎棉袄的女人，她黑着眼圈大声地问天灶：

"放水哪?"

天灶见是蛇寡妇,就有些爱理不睬地"哼"了一声。

"你爸呢?"蛇寡妇把双手从袄袖中抽出来,顺手把一缕鼻涕擤下来抹在自己的鞋帮上,这让天灶很作呕。

天灶的爸爸已经闻声过来了。

蛇寡妇说:"大哥,帮我个忙吧。你看我把洗澡水都烧好了,可是澡盆坏了,倒上水哗哗直漏。"

"澡盆怎么漏了?"父亲问。

"还不是秋天时收饭豆,把豆子晒干了放在大澡盆里去皮,那皮又干又脆,把手都扒出血痕了,我就用一根松木棒去捶豆子,没承想把盆给捶漏了,当时也不知道。"

天灶的妈妈也过来了,她见了蛇寡妇很意外地"哦"了一声,然后淡淡打声招呼:"来了啊?"

蛇寡妇也淡淡地应了一声,然后从袖口抽出一根桃红色的缎子头绳:"给天云的!"

天灶见父母都不接那头绳,自己也不好去接。蛇寡妇就把头绳放在水缸盖上,使那口水缸看上去就像是陪嫁,喜气洋洋的。

"天云呢?"蛇寡妇问。

"正洗着呢。"母亲说。

"你家有没有锡?"父亲问。

未等蛇寡妇作答,天灶的母亲警觉地问:"要锡干什么?"

"我家的澡盆漏了，求天灶他爸给补补。"蛇寡妇先回答女主人的话，然后才对男主人说，"没锡。"

"那就没法补了。"父亲顺水推舟地说。

"随便用脸盆洗洗吧。"天灶的母亲说。

蛇寡妇睁大了眼睛，一抖肩膀说："那可不行，一年才过一回年，不能将就。"她的话与天云的如出一辙。

"没锡我也没办法。"天云的父亲皱了皱眉头，然后说，"要不用油毡纸试试吧。你回家撕一块油毡纸，把它用火点着，将滴下来的油弄在漏水的地方，抹均匀了，凉透后也许就能把漏的地方弥住。"

"还是你帮我弄吧。"蛇寡妇在男人面前永远是一副天真表情，"我听都听不明白——"

天灶的父亲看了一眼自己的女人，其实他也用不着看，因为不管她脸上是赞同还是反对，她的心里肯定是一万个不乐意。但当大家把目光集中到她身上，需要她做出决断时，她还是故作大度地说："那你就去吧。"

蛇寡妇说了声"谢了"，然后就抄起袖子，走在头里。天灶的父亲只能紧随其后，他关上家门前回头看了一眼老婆，得到的是一个不折不扣的白眼和她随之吐出的一口痰，那个白眼和痰组成了一个醒目的惊叹号，使天灶的父亲在迈出门槛后战战兢兢的，他在寒风中行走的时候一再提醒自己要快去快回，绝不能喝蛇寡妇的茶，也不能抽她的烟，他要在唇间指畔纯洁地葆有他离开家门时的气息。

"天云真够讨厌的。"蛇寡妇一走，母亲就开始心烦意乱了，她拿着面盆去发面，却忘了放酵母，"都是她把蛇寡妇招来的。"

"谁叫你让爸爸去的。"天灶故意刺激母亲，"没准她会炒俩菜和爸爸喝一盅！"

"他敢！"母亲厉声说，"那样他回来我就不帮他搓背了！"

"他自己也能搓，他都这么大的人了，你还年年帮他搓背。"天灶"咦"了一声，母亲的脸便刷地红了，她抢白了天灶一句："好好烧你的水吧，大人的事不要多嘴。"

天灶便不多嘴了，但灶坑里的炉火是多嘴的，它们用金黄色的小舌头贪馋地舔着乌黑的锅底，把锅里的水吵得嗞嗞直叫。炉火的映照和水蒸气的熏炙使天灶有种昏昏欲睡的感觉。他不由得蹲在锅灶前打起了盹。然而没有多一会儿，天云便用一只湿手把他揉醒了。天灶睁眼一看，天云已经洗完了澡，她脸蛋通红，头发湿漉漉地披散着，穿上了新的线衣线裤，一股香气从她身上横溢而出，她叫道："我洗完了！"

天灶揉了一下眼睛，恹恹无力地说："洗完了就完了呗，神气什么。"

"你就着我的水洗吧。"天云说。

"我才不呢。"天灶说，"你跟条大臭鱼一样，你用过的水有邪味儿！"

天灶的母亲刚好把发好的面团放到热炕上转身出来，天云就带着哭腔对母亲说："妈妈呀，你看天灶呀，他说我是条大臭鱼！"

"他再敢说我就缝他的嘴！"母亲说着，示威性地做了个挑针的动作。

天灶知道父母在他与天云斗嘴时，永远会偏袒天云，他已习以为常，所以并不气恼，而是提着两盏灯笼进"浴室"除灰，这时他听见天云在灶房惊喜地叫道："水缸盖上的头绫子是给我的吧？真漂亮呀！"

那对灯笼是硬塑的，由于用了好些年，塑料有些老化萎缩，使它们看上去并不圆圆满满。而且它的红颜色显旧，中圈被光密集照射的地方已经泛白，看不出任何喜气了。所以点灯笼时要在里面安上两个红灯泡，否则它们可能泛出的是与除夕气氛相悖的青白的光。天灶一边刷灯笼一边想着有关过年的繁文缛节，便不免有些气恼，他不由得大声对自己说："过年有个什么意思！"回答他的是扑面而来的洋溢在屋里的湿浊的气息，于是他恼上加恼，又大声对自己说："我要把年挪到六月份，人人都可以去河里洗澡！"

天灶刷完了灯笼，然后把脏水一桶桶地提到外面倒掉。冰湖那儿已经没有肖大伟的影子了，不知他的"冰嘎"是否找到了。夜色已深，星星因黑暗的加剧而显得气息奄奄，微弱的光芒宛如一个人在弥留之际细若游丝的气息。天灶望了一眼天，便不想再看了。因为他觉得这些星星被强大的黑暗给欺负得噤若寒蝉，一派凄凉，无边的寒冷也催促他尽快走回户内。

父亲还没有回来，母亲脸上的神色就有些焦虑。该轮到她洗澡了，天灶为她冲洗干净了澡盆，然后将热水倾倒进去。母亲木讷地看着澡盆上的微微旋起的热气，好像在无奈地等待一条美人鱼突然从中跳出来。

天灶提醒她："妈妈，水都好了！"

母亲"哦"了一声，叹了口气说："你爸爸怎么还不回来？要不你去蛇寡妇家看看？"

天灶故作糊涂地说："我不去，爸爸是个大人又丢不了，再说我还得烧水呢，要去你去。"

"我才不去呢。"母亲说，"蛇寡妇没什么了不起。"说完，她仿佛陡然恢复了自信。提高声调说："当初我跟你爸爸好的时候，有个老师追我，我都没答应，就一门心思地看上你爸爸了，他不就是个泥瓦匠嘛。"

"谁让你不跟那个老师呢？"天灶激将母亲，"那样的话我在家里上学就行了。"

"要是我跟了那老师，就不会有你了！"母亲终于抑制不住地笑了，"我得洗澡了，一会儿水该凉了。"

天云在自己的小屋里一身清爽地摆弄新衣裳，天灶听见她在唱："小狗狗伸出小舌头，够我手里的小画书。小画书上也有个小狗狗，它趴在太阳底下睡觉觉。"

天云喜欢自己编儿歌，高兴时那儿歌的内容一派温情，生气时则充满火药味。比如有一回她用鸡毛掸子拂掉了一只花瓶，把它摔碎了，母亲说了她，她不服气，回到自己的屋子就编儿歌："鸡毛掸是个大灰狼，花瓶是个小羊羔。我饿了三天三夜没吃饭，见了你怎么能放过！"言下之意，花瓶这个小羊羔是该吃的，谁让它自己不会长脚跑掉呢。家人听了都笑，觉得真不该用一只花瓶来让她受委屈。于是就说："那花瓶也是该打，都旧成那样了，留着也没人看！"天云便破涕为笑了。

天灶又往锅里添满了水，他将火炭拨了拨，拨起一片金黄色的火星像蒲公英一样地飞，然后他放进两块比较粗的松木干。这时奶奶蹒跚地从屋里出来了，她的湿头发已经干了，但仍然是垂在肩头，没有盘起来，这使她看上去很难看。奶奶体态臃肿，眼袋松松垂着，平日它们像两颗青葡萄，而今日因为哭过的缘故，眼袋就像一对红色的灯笼花，那些老年斑则像陈年落叶一样匍匐在脸上。天灶想告诉奶奶，只有又黑又密的头发才适合披着，斑白稀少的头发若是长短不一地披下来，就会给人一种白痴的感觉。可他不想再惹奶奶伤心了，所以马上垂下头来烧水。

"天灶——"奶奶带着悲愤的腔调说，"你就那么嫌弃我？我用过的水你把它泼了，我站在你跟前你都不多看一眼？”

天灶没有搭腔，也没有抬头。

“你是不想让奶奶过这个年了？”奶奶的声音越来越悲凉了。

“没有。”天灶说，“我只想用清水洗澡，不用别人用过的水。天云的我也没用。”天灶垂头说着。

“天云的水是用来刷灯笼的！”奶奶很孩子气地分辩说。

“一会儿妈妈用过的水我也不用。”天灶强调说。

“那你爸爸的呢？”奶奶不依不饶地问。

“不用！”天灶斩钉截铁地说。

奶奶这才有些和颜悦色地说：“天灶啊，人都有老的时候，别看你现在是个孩子，细皮嫩肉的，早晚有一天会跟奶奶一样皮松肉散，你说是不是？”

天灶为了让奶奶快些离开，所以抬头看了一眼她，干脆地答着：“是！”

“我像你这么大时，比你水灵着呢。”奶奶说，“就跟开春时最早从地里冒出的羊角葱一样嫩！”

“我相信！”天灶说，“我年纪大时肯定还不如奶奶呢，我不得腰弯得头都快着地，满脸长着癣？”

奶奶先是笑了两声，后来大约意识到孙子为自己规划的远景太黯淡了，所以就说：“癣是狗长的，人怎么能长癣呢？就是长癞，也是那些丧良心的人才会长。你知道人总有老时候就行了，不许胡咒自己。"

天灶说："嗳——！"

奶奶又絮絮叨叨地询问灯笼刷得干不干净，该炒的黄豆泡上了没有。然后她用手抚了一下水缸盖，嫌那上面的油泥还待在原处，便责备家里人的好吃懒做，哪有点过年的气氛，随之她又唠叨她青春时代的年如何过的，总之是既洁净又富贵。最后说得嘴干了，这才唉声叹气地回屋了。天灶听见奶奶在屋子里不断咳嗽着，便知她要睡觉了。她每晚临睡前总要清理一下肺腔，透彻地咳嗽一番，这才会平心静气地睡去。果然，咳嗽声一止息，奶奶屋子的灯光随之消失了。

天灶便长长地吁了口气。

母亲历年洗澡都洗得很漫长，起码要一个钟头。说是要泡透了，才能把身上的灰全部搓掉。然而今年她只洗了半个小时就出来了。她见到天灶急切地问："你爸还没回来？"

"没。"天灶说。

"去了这么长时间，"母亲忧戚地说，"十个澡盆都补好了。"

天灶提起脏水桶正打算把母亲用过的水倒掉，母亲说："你爸还没回来，我今年洗的时间又短，你就着妈妈的水洗吧。"

天灶坚决地说："不！"

母亲有些意外地看了眼天灶，然后说："那我就着水先洗两件衣裳，这么好的水倒掉可惜了。"

母亲就提着两件脏衣服去洗了。天灶听见衣服在洗衣板上被激烈地揉搓的声音，就像饿极了的猪欻食一样。天灶想，如果父亲不及时赶回家中，这两件衣服非要被洗碎不可。

然而这两件衣服并不红颜薄命，就在洗衣声变得有些凄厉的时候，父亲一身寒气地推门而至了。他神色慌张，脸上印满黑灰，像是京剧中老生的脸谱。

"该到我了吧？"他问天灶。

天灶"嗯"了一声。这时母亲手上沾满肥皂泡从里面出来，她看了一眼自己的男人，眼眉一挑，说："哟，修了这么长时间，还修了一脸的灰，那漏儿堵上了吧？"

"堵上了。"父亲张口结舌地说。

"堵得好？"母亲从牙缝中迸出三个字。

"好。"父亲茫然答道。

母亲"哼"了一声，父亲便连忙红着脸补充说："是澡盆的漏儿堵得好。"

"她没赏你一盆水洗洗脸？"母亲依然冷嘲热讽着。

父亲用手抹了一下脸，岂料手上的黑灰比脸上的还多，这一抹使脸更加花哨了。他十分委屈地说："我只帮她干活，没喝她一口水，没抽她一支烟，连脸都没敢在她家洗。"

"哟，够顾家的。"母亲说，"你这一脸的灰怎么弄的？

钻她家的炕洞了吧?"

父亲就像一个做错了事的孩子似的仍然站在原地,他毕恭毕敬的,好像面对的不是妻子,而是长辈。他说:"我一进她家,就被烟呛得直淌眼泪。她也够可怜的了,都三年了没打过火墙。火是得天天烧,你想那灰还不全挂在烟洞里?一烧火炉子就往出燎烟,什么人受得了?难怪她天天黑着眼圈。我帮她补好澡盆,想着她一个寡妇这么过年太可怜,就帮她掏了掏火墙。"

"火墙热着你就敢掏?"母亲不信地问。

"所以说只打了三块砖,只掏一点灰,烟道就畅了。先让她将就过个年,等开春时再帮她彻底掏一回。"父亲傻里傻气地如实相告。

"她可真有福。"母亲故作笑容说,"不花钱就能请小工。"

母亲说完就唤天灶把水倒了,她的衣裳洗完了。天灶便提着脏水桶,绕过仍然惶惶不安的父亲去倒脏水。等他回来时,父亲已经把脸上的黑灰洗掉了。脸盆里的水仿佛被乌贼鱼给搅扰了个尽兴,一派墨色。母亲觑了一眼,说:"这水让天灶带到学校刷黑板吧。"

父亲说:"看你,别这么说不行吗?我不过是帮她干了点活。"

"我又没说你不能帮她干活。"母亲显然是醋意大发了,"你就是住过去我也没意见。"

父亲不再说什么，因为说什么也无济于事了。天灶连忙为他准备洗澡水。天灶想父亲一旦进屋洗澡了，母亲的牢骚就会止息，父亲的尴尬才能解除。果然，当一盆温热而清爽的洗澡水摆在天灶的屋子里，母亲提着两件洗好的衣裳抽身而出。父亲在关上门的一瞬小声问自己女人："一会儿帮我搓搓背吧？"

"自己凑合着搓吧！"母亲仍然怨气冲天地说。

天灶不由得暗自笑了，他想父亲真是可怜，不过帮蛇寡妇多干了一样活，回来就一副低眉顺眼的样子。往年母亲都要在父亲洗澡时进去一刻，帮他搓搓背，看来今年这个享受要像艳阳天一样离父亲而去了。天灶把锅里的水再次添满，然后又饶有兴致地往灶炕里添柴。这时母亲走过来问他："还烧水做什么？"

"给我自己用。"

"你不用你爸爸的水？"

"我要用清水。"天灶强调说。

母亲没再说什么，她进了天云的屋子了。天灶没有听见天云的声音，以往母亲一进她的屋子，她就像盛夏水边的青蛙一样叫个不休。天云屋子的灯突然被关掉了，天灶正诧异着，母亲出来了，她说："天云真是的，手中拿着头绫子就睡着了。被子只盖在腿上，肚脐都露着，要是夜里着凉拉肚子怎么办？灯也忘了闭，要过年把她给兴过头了，兴得都乏了……"

天灶笑了，他拨了拨柴火，再次重温金色的火星飞舞的辉煌情景。在他看来，灶炕就是一个永无白昼的夜空，而火星则是满天的繁星。这个星空带给人的永远是温暖的感觉。

锅里的水开始热情洋溢地唱歌了。柴火也烧得毕剥有声。母亲回到她与天灶父亲所住的屋子，她在叠前日洗好晾干的衣服。然而她显得心神不定，每隔几分钟就要从屋门探出头来问天灶："什么响？"

"没什么响。"天灶说。

"可我听见动静了。"母亲说，"不是你爸爸在叫我吧？"

"不是。"天灶如实说。

母亲便有些泄气地收回头。然而没过多久她又探出头问："什么响？"而且手里提着她上次探头时叠着的衣裳。

天灶明白母亲的心思了，他说："是爸爸在叫你。"

"他叫我？"母亲的眼睛亮了一下，继而又摇了一下头说，"我才不去呢。"

"他一个人没法搓背。"天灶知道母亲等待他的鼓励，"到时他会一天就把新背心穿脏了。"

母亲嘟囔了一句"真是前世欠他的"，然后甜蜜地叹口气，丢下衣服进了"浴室"，天灶先是听见母亲的一阵埋怨声，接着便是由冷转暖的嗔怪，最后则是低低的软语了。后来软语也消去，只有清脆的撩水声传来，这种声音非常动听，使天灶的内心有一种发痒的感觉，他就势把一块木板垫在屁股底下，抱着头打起盹来。他在要进入梦乡的时候听见自己的清水在锅里引吭高歌，而他的脑海中则浮现着粉红色的云霓。天灶不知不觉睡着了。他在梦中看见了一条金光灿灿的龙，它在银河畔洗浴。这条龙很调皮，它常常用尾去拍银河的水，溅起一阵灿烂的水花。后来这龙大约把尾拍在了天灶的头上，他觉得头疼，当他睁开眼睛时，发觉自己磕在了灶台上。锅里的水早已沸了，水蒸气袅袅弥漫着。父母还没有出来，天灶不明白搓个背怎么会花这么长时间。他刚要起身去催促一下，突然发现一股极细的水流悄无声息地朝他蛇形游来。他循着它逆流而上，发现它的源头在"浴室"。有一种温柔的呢喃声细雨一样隐约传来。父母一定是同在澡盆中，才会使水膨胀而外溢。水依然汩汩顺着门缝宁静地流着，天灶听见了搅水的声音，同时也听到了铁质澡盆被碰撞后间或发出的震颤声，天灶便红了脸，连忙穿上棉袄推开门到户外去望天。

夜深深的了。头顶的星星离他仿佛越来越远了。天灶大口大口地呼吸着寒冷的空气，因为他怕体内不断升腾的热气会把他烧焦。他很想哼一首儿歌，可他一首歌词也回忆不起来，又没有天云那样的禀赋可以随意编词。天灶便哼儿歌的旋律，一边哼一边在院子中旋转着，寂静的夜使旋律变得格外动人，真仿佛是天籁之音环绕着他。天灶突然间被自己感动了，他从来没有体会过自己的声音是如此美妙。他为此几乎要落泪了。这时屋门"吱扭"一声响了，跟着响起的是母亲喜悦的声音："天灶，该你洗了！"

天灶发现父母面色红润，他们的眼神既幸福又羞怯，好像猫刚刚偷吃了美食，有些愧对主人一样。他们不敢看天灶，只是很殷勤地帮助天灶把脏水倒了，然后又清洗干净了澡盆，把清水一瓢瓢地倾倒在澡盆中。

天灶关上屋门，他脱光了衣服之后，把灯关掉了。他蹑手蹑脚地赤脚走到窗前，轻轻拉开窗帘，然后反身慢慢地进入澡盆。他先进入双足，热水使他激灵了一下，但他很快适应了，他随之慢慢地屈腿坐下，感受着清水在他的胸腹间柔曼地滑过的温存滋味，天灶的头搭在澡盆上方，他能看见窗外的浓浓夜色，能看见这夜色中经久不息的星星。他感觉那星星已经穿过茫茫黑暗飞进他的窗口，落入澡盆中，就像课文中所学过的淡黄色的皂角花一样散发着清香气息，预备着为他除去一年的风尘。天灶觉得这盆清水是好极了，他从未有过的舒展和畅快。他不再讨厌即将朝他走来的年了，他想除夕夜的时候，他一定要穿着崭新的衣服，亲手点亮那对红灯笼。还有，再见到肖大伟的时候，他要告诉他，我天灶是用清水洗的澡，而且，星光还特意化成皂角花撒落在了我的那盆清水中了呢。

朋友们来看雪吧

先说树脂吧，就是从红松身上流下的油，它在风中会凝固成金黄色。把它们用尖刀从树上刮下来，放进铁皮盒中，然后坐在火炉上去熬。不久，树脂溶化了，松香气也飘了出来，把这铁皮盒放在户外凉一夜，一块树脂就脱落而出。好的树脂没有杂质，水晶般透明，橙色。你们问我嘴里吃着的东西正是它。它与口香糖一样，不能咽进肚子。当地人称它为"松树油子"。女孩子小时候没有不喜欢嚼它的。她们喜欢嚼出响来，吱喳吱喳的，像鸟叫一样。有虫牙的女孩子嚼出来的响声就格外饱满。

我脚上穿的毡靴是胡达老人送的。是狍皮做成的，又轻便又暖和。说起胡达老人，他是我来乌回镇认识的最有性格的一个人。我被大雪围困在塔城已有三天，是胡达老人赶着马爬犁把我接到乌回镇的。他七十多岁，终日穿着一件脏兮兮的山羊皮大衣，胸口处老是鼓鼓的，一个酒葫芦就掖在里面。无论他赶着马爬犁、走路，抑或到供销社买东西，他总是出其不意地抽出酒葫芦，美美地呷一口，然后痛快地擤一把鼻涕，往棉裤上一蹭。他很矮、瘦，但腰不弯背不驼，牙齿也格外好，所以他走起路来像旋风一样迅捷。我到达乌回镇的当夜，他就醉醺醺地来敲门，首先申明他不是打我的主意来了（笑话：我可是他孙女辈的人！何况他即使真那样想，也是心有余而力不足了），接着他吹嘘说与他好过的女人个个都有姿色，牙齿比我好（他称我的灰牙齿为耗子屎），眼睛也比我明亮（他比喻说像盛满了油的灯），手也比我秀气（当时我的手已经冻裂了口）。见他如此信口开河，我便大胆地揶揄他，问他如此五短身材，女人们如何喜欢他。他便笑，半面脸抽搐着，另半面脸则肌肉僵硬（也许是酒精麻痹所致），这种笑给人一种哆哆嗦嗦的感觉，比哭还不如。他说女人们喜欢他的手艺活，他会缝狍皮坎肩，中间加上彩色丝线；会做兔皮帽子；会用桦树皮做摇篮、小船、盐篓、水桶和米盆。还懂得中医，女人们气血不足、月经不调、腰酸背痛的毛病他全能治得。我问，是针灸吗？他抿了一口酒说："是草药，山上的东西到处都是宝贝。"他还告诉我他有四个儿子、三个儿媳（大儿媳刚死）、一大群孙儿。他费力掰着指头数了半晌，说是七个孙子六个孙女，总共十三个。不过他最喜欢的是二儿子家七岁的鱼纹。他接着讲鱼纹，说鱼纹与他连心，他有一次在山中倒套子时一匹马被原木轧伤了腿，他正愁无法下山找人求救，鱼纹在家中正在炕上弹玻璃球，他突然对爸爸说，爷爷的马受伤了，爷爷下不来山了。胡达的二儿子将信将疑赶着另一副马爬犁上了山，一看果然如此。

胡达那天晚上来找我的目的是为了看我那只栗色皮箱。我想起来他接我的时候就对皮箱产生了兴趣。我就把皮箱从炕上搬到火炉旁，嗒嗒按下锁鼻子，将箱子打开。那嗒嗒两声响起的时候，他的薄耳朵也跟着微妙地颤动着。他凑近那个皮箱，先是目不转睛地看，然后便是一样一样地用手拈起里面的东西，放到眼睛下仔细地瞧。照相机、胶水瓶、微型录音机，甚至绣花睡衣都没有逃脱他的手。他看东西的时候表情格外丰富，一会惊讶，一会扫兴，一会又哀怨（看见睡衣的时候），一会又是愤怒（他不满意我把布娃娃掖在里面，认为这是要闷死她）。他见过照相机，但对微型录音机却不熟知，我便把扣形耳机塞进他的双耳，放了一段音乐给他。你们一定想不到，他最初听到音乐的时候吓得一跳老高，"哎哟"叫着，酒葫芦也被甩在地上。他说："这音打哪来？"不过他听了一会就习惯了，当我帮他摘下耳机时，他嘟嘟囔囔地对我说："这音不好，闹。"

胡达老人看够了我的皮箱，又问我在乌回镇住多久，一个人怕不怕等等。我说要待到开春后才走，我在城市里也一个人住，没什么害怕的。他便对我说，你要是害怕，我就唤鱼纹来跟你做伴。

　　他知道我是作画的，而且也见识过画家，所以对我的颜料箱一点兴趣也没有。他说几年前乌回镇来过一个画家，那个男人的手指长得跟女人一样纤细，他专画乌回镇的女人。让女人们给他做摆设（胡达的原话），然后给她们一些报酬。后来有个汉子发现画家画了自己女人的奶和屁股，就联合乌回镇的其他男人把画家揍了一通，将他赶出镇子。他说完后得意地冲我笑着，我连忙说自己对人体不感兴趣，只喜欢画风景。他挺老练地说："景中就没个人吗？"

　　他走后的第二天早晨，我在门口的雪地上发现了这双毡靴。我不知道是谁悄悄送来的。问邻居大嫂，她一看便用不容置疑的口气说："这是胡达老人的手艺。"

　　你们在信上问乌回镇有多大，这让我怎么描述呢？它与周围的山林河谷没有界限，完完全全就是大自然的一部分，所以它显得很大。说它小，那是因为人家很少，不足百户。尤其是这样的时令，外面零下三十多摄氏度，偶尔碰见一个人在路上走，也都是包裹得严严实实的，人们不在路上讲话，户外没有人语声。有时会传来牲畜的叫声，那叫声也一样是寂寥的。这里的居民过着自给自足的小日子，自己种菜和粮食。冬季的蔬菜基本以土豆、白菜和萝卜为主。它们被储藏在室外的地窖中，三九天气时要在里面生火驱寒。卫生所里只有两个医生，他们兼管打针投药。男患者打针时由男医生来，而女患者打针则是女医生。据说以前只有男医生，妇女们生了病都不情愿打针（说是不愿意给男人露屁股），没办法，乌回镇就从外面请来个女医生。这女医生很文静，单身，所以卫生所里上班时总是三个人（男医生的老婆不放心，也天天陪着来）。乌回镇还有一家商店（年轻人称为供销社，老人们则叫它合作社），冷清得很，两个店员总是面色青黄地打瞌睡。店里所卖的罐头的铁皮盒早已生锈，好像从二次大战的战壕中挖掘出的战利品。这里经常停电，所以蜡烛生意很好。那天我去买蜡烛，顺便买了两包卫生纸，然后抱着它们往店外走。遇见我的人都显出很羞怯的样子，原来卫生纸这种东西被认为是隐秘商品，不能明面拿着。当地的妇女去买它时总是提着个布兜，男顾客在场她们就去看别的商品，买时躲躲闪闪的，真是有趣。

你们问照片左上角那串草编铜钱，那是鱼纹送给我的。他用这东西换走了我的带小镜子的胭脂盒。鱼纹是自动找上门来的。记得是某一个中午，我刚吃完饭，正守着炉子烤瓜子，一个小孩子推门进来了（我像当地人一样不锁门），他就是鱼纹。他穿件蓝布棉猴，两个脸蛋冻得通红，吊着一串清鼻涕。他进了门口被热气给熏了个激灵，然后他开始哧溜哧溜地把鼻涕吃到肚子里，这才开口跟我说话。他说："我

能换你的东西吗?"我问:"你是谁?""鱼纹呀。"他挺骄傲
地说着,仿佛我到了乌回镇没听说过他是大逆不道的。我便
笑了。鱼纹像老熟人一样脱掉棉猴,从怀中取出一串草编的
铜钱,对我说:"它不能当真的钱用,可是比真的钱好看。
是我编的,一共二十一个钱。"我问他想换我的什么东西,
他便挺老练地说他得先看看我的货。我便把一些零碎东西拿
给他,后来他就对胭脂盒产生了兴趣。鱼纹个头很矮,跟他
爷爷一样是薄耳朵,不过眼睛又黑又大。他告诉我他家里养
着两头猪、一只羊、九只鸡,这些家禽一到春节前都将被宰
了过年,只留下一只打鸣的公鸡。他比他爷爷还善谈。接着
他问我在乌回镇过年吗。我说当然。鱼纹就乐了,问我大
年三十晚上他要是来给我磕头拜年,我会不会给他压岁
钱。我说那是自然了。鱼纹便显得欢欣鼓舞的,他在我的
屋子里走来走去,给我讲一些他从老辈人身上听到的鬼怪
故事。黄昏的时候,胡达老人来了,他一进屋就说:"鱼
纹,我就知道你上这来了,一来了外人你就来换东西。你换
了啥?"

鱼纹笑嘻嘻地打开那个胭脂盒。胡达老人嗔怪道:"打
小就花心,弄个胭脂饼子做啥?"

后来我从邻居口中得知胡达独居,除了年节之外,平素
很少到儿子家去。乌回镇若是来了客人,只要是冬季来,一
般都由胡达老人接送。雪爬犁在山中抄着近路走,会省去许

多时间。不管什么人物来，胡达最有兴趣的就是看人家带的东西，大约这与他是个手艺人有关。我还得知他少年时学过戏，跟过戏班子。他母亲是个红角，有次在南方的一个水乡小镇唱戏，被当地衙门掌印的人看上，活活地给抢到府上。那人这边强行纳妾，那边差人将胡达的爹悄悄装进麻袋，活活地给扔进河里溺死。从此胡达就失去了双亲，他到处流浪，拉过黄包车，给人修过脚，当过厨师，最后他从南方跑到北方，哪里人少就奔哪里走，结果就在乌回镇安家落户了。胡达最听不得的便是唱戏，所以连带着对一切声音都敏感。

乌回镇的天亮得很迟。八九点钟，太阳才苍白地升起。到处都是积雪，远山近山都是白茫茫的。有时我站在窗前看别人家屋顶的炊烟，无论如何也看不清，因为那炊烟已与天色融为一体了。我手上的冻疮用冬青水洗过后已经痊愈。只不过因为少见蔬菜水果，我的口腔溃疡，吃刺激性食物时疼痛难忍。镇子里的人对我很友好，腊月家家宰猪时，人们总是请我做客。以前我特别讨厌吃猪下水，到了这里后觉得那东西是多么好吃，喝烧酒吃臭烘烘的猪大肠真是妙不可言。有一次我醉在别人家的炕上，指着人家地上的鞋子叫"船"，而擎着筷子叫"桨"，成为笑柄。至于带来的那些颜料，我真是很难说出口，我全把它们涂到乌回镇人家的炕琴上了。他们让我画荷我就画荷，要多粉我就给多粉，过年时还给他们画门神和财神，所以黄绿红三色已经用尽了。领导要是知道我下来体验生活只是画这些个东西，非要气坏不可。可这里的人喜欢我画荷花小鸟、松树仙鹤，除夕时几乎家家都贴着我画的喜气洋洋的财神爷。他们请我画东西时，总是预备下饭食，回来时又给我带来些吃的。我便想做个画匠也不错，从一个小镇到另一个小镇，只画炕琴和门神。我堕落了是吗？

鱼纹留下的那串草编铜钱被我当成装饰挂在墙上。你们问另外一些模糊的物件是什么，它们是桦皮簸箕（淘米用的）、火钩子、鸟笼子和豆角干。我失眠的毛病到这里不治自愈，每日都睡得又香又实，每天同当地人一样早早就起床了。有时我到江上去看他们捕鱼，更多的时候则是去他们那串门，听他们讲老掉牙的故事。这里的星光总是不同寻常地好。有时夜晚跑到屋外，仰头一望，满天的星星真叫灿烂啊。还有晚霞，这里的晚霞总是鸡血一样鲜红，同雪景形成强烈反差。

我告诉你们这里的人是如何过年的吧。他们一进腊月就开始忙年，屠宰家禽、做新衣、蒸干粮、除尘，一直忙到除夕的早上这才罢休。无论男女老少都里里外外换上新衣。老人们挂灯笼，家庭主妇忙着祭祖，小孩子则将兜里装满瓜子糖果到处跑。男孩子放鞭炮，那响声就接二连三地闪现。小女孩则挨家挨户看别人家窗户上的剪纸，看哪种图案更妖

娆。我是在邻居大嫂家过的除夕，吃过满盘的饺子后，刚回
到家里，门就被撞开了，一股白炽的寒气中"嗵"地跌下一
个小人，不住地给我磕头，磕得真响啊，鱼纹来讨压岁钱来
了。我给了他五十元钱，鱼纹将钱拿在手中，说是要买几个
小礼花留待正月十五拿到他爷爷的院子里放。我便问他爷爷
在哪个儿子家过的年。鱼纹一梗脖子笑着说："还不是跟往
年一样？爷爷在每个儿子家的炕沿都沾沾屁股，然后就背着
手回他自己住的房子。"

鱼纹说，胡达老人在大儿子家抽了根烟，告诉大儿子早
些再找个老婆回家，不要把饭桌老是弄得油腻腻的；然后他
去二儿子家，由鱼纹给他磕头。鱼纹每年磕头都会得到礼
物，前些年是蝈蝈笼、鼠夹子、兔皮手套、松塔垒成的小屋
子等，今年是一条拴狗用的皮项圈。他在鱼纹家尝了一个饺
子，嫌那馅不够咸；他去三儿子家吃了块糖，责备他家的灯
笼没糊好，把浆子弄到明面上了，一块一块的白点跟长了癣
似的；他最后到小儿子家，扒了一个花生吃，紧着鼻子说他
家的酸菜缸没伺候好，有股馊味，然后皱皱眉一拍屁股就
走了。

"你爷爷年年都这么过年？"我问。

"年年是这样，"鱼纹说，"他就喜欢我，每年正月十五
我都去给他放花。"

正月十五的那天早晨，我还躺在炕上借着炉火的余温续

懒觉，邻居大嫂忽然慌慌张张地进来告诉我，说是胡达老人没了。我不知道"没了"就是当地人对"死亡"的隐讳说法，以为胡达老人失踪了。邻居大嫂说，鱼纹一大清早起来正在摆弄礼花，忽然从炕沿栽倒在地。他的头被磕了一个包，这时他忽然说他看见爷爷快死了，爷爷正在召唤他，他就撒腿往爷爷那跑。胡达老人果然躺在炕上，长一声短一声地喘气。见到鱼纹来，眼睛里漫出泪水，说了个"戏"字就咽气了。

"戏?"我问。

"戏!"邻居大嫂说。

我在胡达老人的家里见到了鱼纹。他通身披孝，也许因为泪水的浸润，眼睛更显明亮。他见了我现出一种大人才有的凄凉表情。正月十五的夜里有许多人为胡达守灵，长明灯在寒风中瑟瑟抖动。鱼纹点燃了那几簇礼花。他每放一个都要说话：

"爷爷，快看，这个花像菊花!"

"爷爷，这花跟冰凌花一样白!"

"爷爷，这个花像是在泼水!"

仿佛胡达老人真的用另外的眼睛看到了似的。我问鱼纹，胡达老人死时果真说出个"戏"字吗？鱼纹点点头。我想如果不是"戏"，便是"嘻"字了。对于生命的结束来讲，"戏"和"嘻"又有多大的区别呢？

　　胡达老人的死，使乌回镇失去了一个有光彩的人物。我几乎天天都穿着他送我的狍皮靴，用温暖的心境来怀念他。他的手艺真是好，所有的针码都压在靴帮里了，靴口轧着一圈缜密的花边。葬礼过后，雪一场比一场大，人们几乎足不出户在家"猫冬"。只有鱼纹常常到我这里来，他通常是雪住后的早晨来，他带着一条黄狗，狗脖颈处的项圈是胡达老人最后的手艺。鱼纹跟着我学画财神和门神，他每次都带来一张白纸。我教了他一周后，他就能画个大概了。不过他总是喜欢把财神爷的胡子画得又长又飘，就像云彩一样。有时他也帮我烧水沏茶，还帮我抹炕上的灰，他勤快得很。我常常想，要是我能生一个鱼纹这样的孩子有多好。可我知道在城市里是不可能孕育出这样的孩子的。而我在乌回镇又不知不觉丧失了一次可能诞生灵性儿童的机会。

　　这话还得从你们收到的这张照片谈起。你们真细心，发现它的邮戳不是乌回镇的，而是出自与你们同一座城市的邮局。的确是这样，这帧一次成像的照片是我拜托一个朋友路过我们城市时寄给你们的。我甚至不知道他的名字。（这又有什么关系呢？）

　　那是胡达老人葬礼后的第一个星期日。那天有风，冷极了，镇子里的人传说有几个拍电影的人来了。我走出屋子，发现临江的高岗上果然有一群游动的人影。他们在拍歪歪斜斜的栅栏、木刻楞小屋以及雪爬犁和狗。我便抄着袖子凑过去看热闹。他们共有六个人。原来是一家海外发行制片公司拍风光片的。其中有一个穿黑色皮衣的人引起了我的兴趣。他个子不高，面目酷似我已故的父亲（红脸膛，很大的眼睛，浓眉），他说话语速极快，在工作间隙不时与他的合作者打趣。他显然也注意到了我，问道："外地人吧？"我点点头。"写字的？"他略带鄙夷地问我，大约以为我是作家或者记者。"画画的。"我说。"哦，差不多都一样，都得用笔，"他揶揄地说，"在城里待腻歪了，下乡揩贫下中农的油来了？"

他那无所顾忌的样子，仿佛与我相识已久。傍晚的时候，风住了，可灰云却压满了天空，气压低得很。我正在灶房中淘米，回忆着父亲生前的某些生活片段，他突然笑嘻嘻地像老朋友一样推门进来了。

"有我的饭吗？"他问。

我呆立着。

"反正你也得吃饭，多做出一口就行，"他放下背囊，"而且我也会做饭。"

我便毫不客气地把围裙扔给他。我们用牛肉煮土豆，用粉丝炒酸菜，他边做菜边唱歌（这也与我父亲一样），然后我们一起吃饭。他吃饭的样子很贪婪，连菜底的汤汁都不漏掉，吱吱地倾着盘子吸溜个干净。饭后，我们坐在炉火旁谈天（说些什么已经忘记了），只记得他那张少年般的脸庞，他快捷的语调以及把茶水喝得很响的样子。后来我建议他为我拍一张照片（因为我注意到他背囊中有一次成像的相机，而我又迫切想看看那个夜晚的我）。他打趣道："吃你一顿饭，总要付出些代价。"于是我就穿着毡靴，嘴里嚼着树脂，悠闲地坐在房屋一角。当照片坠落下来后，我发现那种颜色和背景都出人意料地好，就想把它寄给你们。为了使你们早些见到乌回镇的我，我让他把信连同照片带走，因为他第二天一大早要离开乌回镇，他中途转机时路过我们的城市。

接着说那天晚上的事情。我记得天落雪了，这是从窗棂微妙的嚓嚓声感觉出来的。

我们把浓茶喝淡了，所有的话语已经化为炉中灰烬的时候，他忽然温存地说："今晚让我留下，好吗？"

我摇摇头，说："我还不知道你的名字呢。"他便站起来穿上大衣，笑笑说："文化女人。"然后用手抚了一下我的头发。

我看着他，有点恋恋不舍，然而依然望着他走向门口。我突然说："你真像我父亲。"

"他一定是死去了。"他说。

我点点头。

他又说："放心，路过你的城市时，我不会忘了发这封信。"

"谢谢。"这两个字彻底把他赶出门外。

那一夜我不断被噩梦扰醒。早晨起来时望着窗外飞扬的大雪,有种恍若隔世之感,我忍不住伤感地落泪了。我就如此轻易地让一个美好的夜晚付之东流。我知道他们已经离开乌回镇,那样的夜晚永远不会再来了。想起他站在灶房一边做饭一边唱歌的情景,我的泪水就汹涌无边了。后来鱼纹拿着两颗奶糖跑来看我,他说他在家里就听见我的哭声了,他说人吃了糖后就没有眼泪了。我把鱼纹抱在怀里,吻他那双神灯般的眼睛。

你们肯定要嘲笑我的多愁善感了。不管怎么说,我还是很想念你们。我真希望你们能来乌回镇看看,虽然见不到胡达老人了,但他的坟还在;鱼纹也许会画门神和财神给你们看。当然,如果这些人物都意外错过的话,雪是绝对不会拒绝你们的。因为漫长的冬天还未结束,雪三天两头就来一场,你们来看雪吧。只是如果你们也被雪意外困在塔城,胡达老人再也不能赶着雪爬犁接你们去了。

给你们的回信就此打住吧。黎明了,我得吃点东西了。今天的早餐是烤土豆,昨夜就把土豆埋进炉火的灰烬中,现在它们早已被焖熟了,温热气犹在,极其可口,是乌回镇人都喜欢吃的一种"点心"。吃过土豆,我得去供销社买蜡烛了,因为来时买过的几包已经用光了。还有,因为给你们写信,一个夜晚就这样以"不眠"而结束了,从供销社回来我得补上一个长觉。觉醒后，去一个叫郑顺才的人家，他女儿近日结婚，嫌那台作为嫁妆的缝纫机不喜气，让我去画一对鸳鸯。

逝　川

　　大约是每年的九月底或者十月初吧，一种被当地人称为"泪鱼"的鱼就从逝川上游哭着下来了。

　　此时的渔民还没有从鱼汛带给他们的疲乏和兴奋中解脱出来，但只要感觉到入冬的第一场雪要来了，他们就是再累也要准备捕鱼工具，因为无论如何，他们也要打上几条泪鱼，才算对得起老婆孩子和一年的收获。

　　泪鱼是逝川独有的一种鱼。身体呈扁圆形，红色的鳍，蓝色的鳞片。每年只在第一场雪降临之后才出现，它们到来时整条逝川便发出呜呜呜的声音。

　　这种鱼被捕上来时双眼总是流出一串串珠玉般的泪珠，暗红的尾轻轻摆动，蓝幽幽的鳞片泛出马兰花色的光泽，柔软的鳃风箱一样呼嗒呼嗒地翕动。渔妇们这时候就赶紧把丈夫捕到的泪鱼放到硕大的木盆中，安慰它们，一遍遍祈祷般地说着："好了，别哭了；好了，别哭了；好了，别哭了……"从逝川被打捞上来的泪鱼果然就不哭了，它们在岸上的木盆中游来游去，仿佛得到了意外的温暖，心安理得了。

如果不想听逝川在初冬时节的悲凉之声，那么只有打捞泪鱼了。

泪鱼一般都在初雪的傍晚从上游下来，所以渔民们早早就在岸上燃起了一堆堆篝火。那篝火大多是橘黄色的，远远看去像是一只只金碗在闪闪发光。这一带的渔妇大都有着高高的眉骨、厚厚的单眼皮、肥肥的嘴唇。她们走路时发出咚咚的响声，有极强的生育能力，而且食量惊人。渔妇们喜欢包着藏青色或银灰色的头巾，无论长幼，都一律梳着发髻。她们在逝川岸边的形象宛如一株株粗壮的黑桦树。

逝川的源头在哪里渔民们是不知道的，只知道它从极北的地方来。它的河道并不宽阔，水平如镜，即使盛夏的暴雨时节也不呈现波涛汹涌的气象，只不过袅袅的水雾不绝如缕地从河面向两岸的林带蔓延，想必逝川的水应该是极深的吧。

当晚秋的风在林间放肆地撕扯失去水分的树叶时，敏感的老渔妇吉喜就把捕捞泪鱼的工具准备好了。吉喜七十八岁了，干瘦而驼背，喜欢吃风干的浆果和蘑菇，常常自言自语。如果你乘着小船从逝川的上游经过这个叫阿甲的小渔村，想喝一碗喷香的茶，就请到吉喜家去吧。她还常年备着男人喜欢抽的烟叶，几杆铜质的烟锅齐刷刷地横躺在柜上，你只需享用就是了。

要认识吉喜并不困难。在阿甲，你走在充满新鲜鱼腥气的土路上，突然看见一个丰腴挺拔有着高高鼻梁和鲜艳嘴唇的姑娘，她就是吉喜。年轻时的吉喜，时光倒流五十年的吉喜，她发髻高绾，明眸皓齿，夏天总是穿着曳地的灰布长裙，吃起生鱼来是那么惹人喜爱。那时的渔民若是有害胃病而茶饭不思的，就要想着看看吉喜吃生鱼时的表情。吉喜尖锐的牙齿嚼着雪亮的鳞片和嫩白的鱼肉，发出奇妙的音乐声，害病的渔民就有了吃东西的欲望。而现在你若想相逢吉喜，也是件很容易的事。在阿甲渔村，你看哪一个驼背的老渔妇在突然抬头的一瞬眼睛里迸射出雪亮的鱼鳞般的光芒，那个人便是吉喜，老吉喜。

雪是从凌晨五时悄然来临的。吉喜接连做了几个噩梦，暗自说了不少上帝的坏话。正骂着，她听见窗棂发出刮鱼鳞一样的嚓嚓的响声。不用说，雪花来了，泪鱼也就要从逝川经过了。吉喜觉得冷，加上一阵拼命的咳嗽，她的觉全被惊醒了。她穿衣下炕，将火炉引着，用铁质托架烤上两个土豆，然后就点起油灯，检查捕泪鱼的网是否还有漏洞。她将网的一端拴在火墙的钉子上，另一侧固定在门把手上，从门到火墙就有一幅十几米长的渔网像疏朗的雾气一样飘浮着。银白的网丝在油灯勃然跳花的时候呈现出琥珀色，吉喜就仿佛闻到了树脂的香气。网是吉喜亲手织成的，网眼还是那么匀称，虽然她使用木梭时手指不那么灵活了。在阿甲，大概没有人家没有使过吉喜织的网。她年轻的时候，年轻力壮的渔民们从逝川进城回来总是带回一团团雪白的丝线，让她织各种型号的网，当然也给她带一些头巾、首饰、纽扣之类的饰物。吉喜那时很乐意让男人们看她织网。她在火爆的太阳下织，也在如水的月光下织，有时织着织着就睡在渔网旁了，网雪亮地环绕着她，犹如网着一条美人鱼。

　　吉喜将苍老的手指伸向网眼，又低低地骂了上帝一句什么，接着去看烤土豆熟了几成，然后又烧水沏茶。吉喜磨磨蹭蹭地吃喝完毕时，天犹犹豫豫地亮了。从灰蒙蒙的玻璃窗朝外望去，可以看见逝川泛出黝黑的光泽。吉喜的木屋就面对着逝川，河对岸的林带一片苍茫。肯定不会有鸟的踪迹了。吉喜看了会儿天，又有些瞌睡，她低低咕哝了一句什么，就歪倒在炕上打盹。她再次醒来是被敲门声惊醒的，来人是胡会的孙子胡刀。胡刀怀中拥着一包茶和一包干枣，大约因为心急没戴棉帽，头发上落了厚厚一层雪，像是顶着一张雪白的面饼，而他的两只耳朵被冻得跟山楂一样鲜艳。胡刀懊丧地连连说："吉喜大妈，这可怎么好，这小东西真不会挑日子，爱莲说感觉身体不对了，挺不过今天了，唉，泪鱼也要来了，这可怎么好，多么不是时候……"

吉喜把茶和干枣收到柜顶，看了一眼手足无措的胡刀。男人第一次当爸爸时都是这么慌乱不堪的。吉喜喜欢这种慌乱的神态。

"要是泪鱼下来时她还生不下来，吉喜大妈，您就只管去逝川捕泪鱼，唉，真的不是时候。还差半个月呢，这孩子和泪鱼争什么呢……"胡刀垂手站在门前翻来覆去地说着，并且不时地朝窗外看着。窗外能有什么？除了雪还是雪。

在阿甲渔村有一种传说，泪鱼下来的时候，如果哪户没有捕到它，一无所获，那么这家的主人就会遭灾。当然，这里没有人遭灾，因为每年的这个时候人们守在逝川旁都是大有收获的。泪鱼不同于其他鱼类，它被网挂上时百分之百都活着，都是一斤重左右，体态匀称玲珑。将这些蓝幽幽的鱼投入注满水的木盆中，次日凌晨时再将它们放回逝川，它们再次入水时便不再发出呜呜呜的声音了。

有谁见过这样奇异的鱼呢？

吉喜打发胡刀回家去烧一锅热水。她吃了个土豆，喝了碗热茶，把捕鱼工具一一归置好，关好火炉的门，戴上银灰色的头巾便出门了。

一百多幢房屋的阿甲渔村在雪中显得规模更加小了。房屋在雪中就像一颗颗被糖腌制的蜜枣一样。吉喜望了望逝川，它在初雪中显得那么消瘦，她似乎能感觉到泪鱼到来前河水那微妙的震颤了。她想起了胡刀的祖父胡会，他就被葬在逝川对岸的松树林中。这个可怜的老渔民在七十岁那年成了黑熊的牺牲品。年轻时的胡会能骑善射，围剿龟鱼最有经验。别看他个头不高，相貌平平，但却是阿甲姑娘心中的偶像。那时的吉喜不但能捕鱼、能吃生鱼，还会刺绣、裁剪、酿酒。胡会那时常常到吉喜这儿来讨烟吃，吉喜的木屋也是胡会帮忙张罗盖起来的。那时的吉喜有个天真的想法，认定百里挑一的她会成为胡会的妻子，然而胡会却娶了毫无姿色和持家能力的彩珠。胡会结婚那天吉喜正在逝川旁刳生鱼，她看见迎亲的队伍过来了，看见了胡会胸前戴着的愚蠢的红花，吉喜便将木盆中满漾着鱼鳞的腥水兜头朝他浇去，并且发出快意的笑声。胡会歉意地冲吉喜笑笑，满身腥气地去接新娘。吉喜站在逝川旁拈起一条花纹点点的狗鱼，大口大口地咀嚼着，眼泪簌簌地落了下来。

胡会曾在某一年捕泪鱼的时候告诉吉喜他没有娶她的原因。胡会说："你太能了，你什么都会，你能挑起门户过日子，男人在你的屋檐下会慢慢丧失生活能力的，你能过了头。"

吉喜恨恨地说："我有能力难道也是罪过吗？"

吉喜想，一个渔妇如果不会捕鱼、制干菜、晒鱼干、酿酒、织网，而只是会生孩子，那又有什么可爱呢？吉喜的这种想法酿造了她一生的悲剧。在阿甲，男人们都欣赏她，都喜欢她酿的酒、她烹的茶、她制的烟叶，喜欢看她吃生鱼时生机勃勃的表情，喜欢她那一口与众不同的白牙，但没有一个男人娶她。逝川日日夜夜地流，吉喜一天天地苍老，两岸的树林却越发蓊郁了。

吉喜过了中年特别喜欢唱歌。她站在逝川岸边剖生鱼时要唱，在秋季进山采蘑菇时要唱，在她家的木屋顶晾制干菜时要唱，在傍晚给家禽喂食时也要唱。吉喜的歌声像炊烟一样在阿甲渔村四处弥漫，男人们听到她的歌声就像是听到了泪鱼的哭声一样心如刀绞。他们每逢吉喜唱歌的时候就来朝她讨烟吃，并且亲切地一遍遍地叫着"吉喜吉喜"。吉喜就不再唱了，她麻利地碾碎烟末，将烟锅擦得更加亮堂，铜和木纹都显出上好的本色。她喜欢听男人们唤她"吉喜吉喜"的声音，那时她就显出小鸟依人的可人神态。然而吃完她烟的男人大都拍拍脚掌趿上鞋回家了，留给吉喜的，是月光下的院子里斑斑驳驳的树影。吉喜过了四十岁就不再歌唱了，她开始沉静地迎接她头上出现的第一根白发，频繁地出入一家家为女人们接生，她是多么羡慕分娩者有那极其幸福痛苦的一瞬啊。

在吉喜的接生史上，还没有一个孩子是在泪鱼到来的这天出生的，从来没有过。她暗自祈祷上帝让这孩子在黄昏前出生，以便她能成为逝川岸边捕泪鱼队伍中的一员。她这样在飞雪中祈祷上帝的时候又觉得万分可笑，因为她刚刚说了上帝许多坏话。

胡刀的妻子挺直地躺在炕上，因为阵痛而挥汗如雨，见到吉喜，眼睛湿湿地望了她一眼。吉喜洗了洗手，询问反应有多长时间了，有什么感觉不对的地方。胡刀手忙脚乱地在屋中央走来走去，一会儿踢翻了木盆，水流满地；一会儿又把墙角戳冰眼的铁钎子碰倒了，发出"当啷"的声响。吉喜忍不住对胡刀说："你置备置备捕泪鱼的工具吧，别在这忙活了。"

胡刀说："我早就准备好了。"

吉喜说："劈柴也准备好了？"

胡刀唯唯诺诺地说："备好了。"

吉喜又说："渔网得要一片三号的。"

胡刀仍然不开窍："有三号的渔网。"说完，在沏茶时将茶叶筒碰翻了，又是一声响，产妇痉挛了一下。

吉喜只得吓唬胡刀了："你这么有能耐，你就给你老婆接生吧。"

胡刀吓得面如土色："吉喜大妈，我怎么会接生，我怎么能把这孩子接出来？"

"你怎么送进去的，就怎么接出来吧。"吉喜开了一句玩笑，胡刀这才领会他在这里给产妇增加精神负担了，便张皇失措地离去，走时又被门槛给绊倒了，噗地趴在地上，哎哟叫着，十分可笑可爱。

　　胡刀家正厅的北墙上挂着胡会的一张画像。胡会歪戴着一顶黑毡帽，叼着一杆长烟袋，笑嘻嘻的，那是他年轻时的形象。

　　吉喜最初看到这幅画时笑得前仰后合。胡会从城里回来，一上岸，就到吉喜这儿来了。吉喜远远看见胡会背着一个皮兜，手中拿着一卷纸，就问他那纸是什么，胡会狡黠地展开了画像，结果她看到了另一个胡会。她当时笑得大叫："活活像只出洋相的猴子，谁这么糟践你？"

　　胡会说："等有一天我死了，你就不觉得这是出洋相了。"

　　的确，吉喜现在老眼昏花地看着这幅画像，看着年轻的胡会，心中有了某种酸楚。

　　午后了。产妇折腾了两个小时，倒没有生产的迹象了，这使吉喜有些后怕。这样下去，再有四五个小时也生不下来，而泪鱼分明已经要从逝川下来了。她从窗户看见许多人往逝川岸边走去，他们已经把劈柴运去了。一些狗在雪中活跃地奔跑着。

　　胡刀站在院子的猪圈里给猪续干草。有些干草屑被风雪给卷起来，像一群小鱼在舞蹈。时光倒回五十年的吉喜正站在屋檐前挑干草。她用银白的叉子将它们挑到草垛上，预备牲畜过冬时用。吉喜乌黑的头发上落着干草屑，褐绿色的草屑还有一股草香气。秋天的黄昏使林间落叶有了一种质地沉重的感觉，而隐约的晨霜则使玻璃窗有了新鲜的泪痕。落日掉进逝川对岸的莽莽丛林中了，吉喜这时看见胡会从逝川的上游走来。他远远蠕动的形象恍若一只蚂蚁，而渐近时则如一只笨拙的青蛙，走到近前就是一只摇着尾巴的可爱的巴儿狗了。

吉喜笑着将她体味到的类似蚂蚁、青蛙、巴儿狗的三种不同形象说与胡会。胡会也笑了，现出很满意的神态，然后甩给吉喜一条刚打上来的细鳞鱼，看着她一点点地吃掉。吉喜进了屋，在昏暗的室内给胡会准备茶食。胡会突然拦腰抱住了吉喜，将嘴唇贴到吉喜满是腥味的嘴上，吉喜的口腔散发出逝川独有的气息，胡会长久地吸吮着这气息。

"我远远走来时是个啥形象？"胡会咬了一下吉喜的嘴唇。

"蚂蚁。"吉喜气喘吁吁地说。

"快到近前呢？"胡会将吉喜的腰搂得更紧。

"青蛙。"吉喜轻声说。

"到了你面前呢？"胡会又咬了一下吉喜的嘴唇。

"摇着尾巴的巴儿狗。"吉喜说着抖了一下身子，因为头上的干草屑落到脖颈里令她发痒了。

"到了你身上呢？脸贴脸地对着你时呢？"胡会将吉喜抱到炕上，轻轻地撩开了她的衣襟。

吉喜什么也没说，她不知道他那时像什么。而当胡会将他的深情有力地倾诉给她时，扭动着的吉喜忽然喃喃呻吟道："这时是只吃人的老虎。"

火炉上的水开了，沸水将壶盖顶得噗噗直响。吉喜也顾不得水烧老了，一任壶盖活泼地响下去，等他们湿漉漉地彼此分开时，一壶开水分明已经被烧飞了，屋子里洋溢着暖洋洋的水蒸气。

吉喜在那个难忘的黄昏尽头想，胡会一定会娶了她的。她会给他烹茶、煮饭、剖鱼、喂猪，给他生上几个孩子。然而胡会却娶了另一个女人做他的妻子。当吉喜将满是鳞片的刳鱼水兜头浇到新郎胡会身上时，她觉得那天的太阳是如此苍白冷酷。从此，她不允许胡会进入她的屋子，她的烟叶和茶点宁肯留给别的男人，也不给予他。胡会死的时候，全阿甲渔村的人都去参加葬礼了，唯独她没有去。她老迈地站在窗前，望着日夜川流不息的逝川，耳畔老是响起沸水将壶盖顶得噗噗作响的声音。

产妇再一次呻吟起来，吉喜从胡会的画像前离开。她边挪动步子边嘟囔道："唉，你是多么像一只出洋相的猴子。"说完，又惯常地骂了上帝一句什么，这才来到产妇身边。

"吉喜大妈，我会死吗？"产妇从毯子下伸出一只湿漉漉的手。

"头一回生孩子的女人都想着会死，可没有一个人会死的。有我在，没有人会死的。"吉喜安慰道，用毛巾擦了擦产妇额上的汗，"你想要个男的还是女的？"

产妇疲惫地笑笑："只要不是个怪物就行。"

吉喜说："现在这么想，等孩子生下来就横挑鼻子竖挑眼了。"吉喜坐在炕沿前说："看你这身子，像是怀了双胞胎。"

产妇害怕了："一个都难生，两个就更难生了。"

吉喜说："人就是娇气，生一个两个孩子要哎哟一整天。你看看狗和猫，哪一窝不生三五个，又没人侍候。猫要生前还得自己叼棉花絮窝，它也是疼啊，就不像人这么娇气。"

吉喜一番话，说得产妇不再哎哟了。然而她的坚强如薄冰般脆弱，没挺多久，便又呻吟起来，并且口口声声骂着胡刀："胡刀，你死了，你作完孽就不管不顾了，胡刀，你怎么不来生孩子，你只知道痛快……"

吉喜暗自笑了。天色转暗了，胡刀已经给猪续完了干草，正把劈好的干柴拢成一捆，预备着夜晚在逝川旁用。雪小得多了，如果不仔细看，分明就是停了的样子。地上积的雪可是厚厚的了。红松木栅栏上顶着的雪算是最好看的，那一朵朵碗形的雪相挨迤逦，被身下红烛一般的松木杆映衬着，就像是温柔的火焰一样，瑰丽无比。

天色灰黑的时候吉喜觉得心口一阵阵地疼了。她听见渔村的狗正撒欢地吠叫着，人们开始到逝川旁生篝火去了。产妇又一次平静下来，她出了过多的汗，身下干爽的苇席已经潮润了。吉喜点亮了蜡烛，产妇朝她歉意地笑了："吉喜大妈，您去捕泪鱼吧。没有您在逝川，人们就觉得捕泪鱼没有意思了。"

的确，每年在初雪的逝川岸边，吉喜总能打上几十条甚至上百条的活蹦乱跳的泪鱼。吉喜用来装泪鱼的木盆就能惹来所有人的目光。小孩子们将手调皮地伸入木盆中，去摸泪鱼的头或尾，搅得木盆里一阵翻腾。爸妈们这时就过来呵斥孩子了："别伤着泪鱼的鳞!"

吉喜说："我去捕泪鱼，谁来给你接生?"

产妇说："我自己。你告诉我怎样剪脐带，我一个人在家就行，让胡刀也去捕泪鱼。"

吉喜嗔怪道："看把你能耐的。"

产妇挪了一下腿说："吉喜大妈，捕不到泪鱼，会死人吗?"

吉喜说："哪知道呢，这只是传说。况且没有人家没有捕到过泪鱼。"

产妇又轻声说："我从小就问爸妈，泪鱼为什么要哭，为什么有着蓝色的鳞片，为什么在初雪之后才出现，可爸妈什么也回答不出来。吉喜大妈，您知道吗?"

吉喜落寞地垂下双手，喃喃地说："我能知道什么呢，要问就得去问逝川了，它能知道。"

产妇又一次呻吟起来。

天完全暗下来了。逝川旁的篝火渐渐亮起来,河水开始
发出一种隐约的呜咽声,渔民们连忙占据着各个水段将银白
的网一张一张地撒下去。木盆里的水早已准备好了,渔妇们
包着灰色或蓝色的头巾在岸上结结实实地走来走去。逝川对
岸的山披着银白的树挂,月亮竟然奇异地升起来了。冷清的
月光照着河水、篝火、木盆和渔民们黝黑的脸庞,那种不需
月光照耀就横溢而出的悲凉之声已经从逝川上游传下来了。

呜呜呜呜呜——呜呜呜——呜呜呜呜呜——

仿佛万千只小船从上游下来了,仿佛人世间所有的落叶
都朝逝川涌来了,仿佛所有乐器奏出的最感伤的曲调汇集到
一起了。逝川,它那毫不掩饰的悲凉之声,使阿甲渔村的人
沉浸在一种宗教氛围中。有个渔民最先打上了一条泪鱼,那
可怜的鱼轻轻摆着尾巴,眼里的泪纷纷垂落。这家的渔妇赶
紧将鱼放入木盆中,轻轻地安慰道:"好了,别哭了;好
了,别哭了……"橘黄的篝火使渔妇的脸幻化成古铜色,而
她包着的头巾则成为苍蓝色。

呜呜呜——呜呜呜呜呜——呜呜呜呜——

夜越来越深了,胡刀已经从逝川打上了七条泪鱼。他抽
空跑回家里,看他老婆是否已经生了。那可怜的女人睁着一
双大眼呆呆地望着天棚,一副绝望的表情。

"难道这孩子非要等到泪鱼过去了才出生?"吉喜想。

"吉喜大妈，我守她一会儿，您去逝川吧。我已经捕了七条泪鱼了，您还一条没捕呢。"胡刀说。

"你守她有什么用，你又不会接生。"吉喜说。

"她要生时我就去逝川喊您，没准——"胡刀吞吞吐吐地说，"没准明天才能生下来呢。"

"她挺不过今夜，十二点前准生。"吉喜说。

吉喜喝了杯茶，又有了一些精神，她换上一根新蜡烛，给产妇讲她年轻时闹过的一些笑话。产妇入神地听了一会儿，忍不住笑起来。吉喜见她没了负担，这才安心了。

大约午夜十一时许，产妇再一次被阵痛所包围。开始还是小声呻吟着，最后便大声叫唤。见到胡刀张皇失措进进出出时，她似乎找到了痛苦的根源，简直就要咆哮了。吉喜让胡刀又点亮了一根蜡烛，她擎着它站在产妇身旁。羊水破裂之后，吉喜终于看见了一个婴孩的脑袋像只熟透的苹果一样微微显露出来，这颗成熟的果实呈现着醉醺醺的神态，吉喜的心一阵欢愉。她竭力鼓励产妇："再加把劲，就要下来了，再加把劲，别那么娇气，我还要捕泪鱼去呢……"

那颗猩红的果实终于从母体垂落下来，那生动的啼哭声就像果实的甜香气一样四处弥漫。

"哦，小丫头，嗓门怪不小呢，长大了肯定也爱吃生鱼！"吉喜沉静地等待第二个孩子的出世。十分钟过去了，二十分钟过去了，产妇呼吸急促起来，这时又一颗成熟的果实微微显露出来。产妇号叫了一声，一个嗓门异常嘹亮的孩子腾地冲出母腹，是个可爱的男婴！

吉喜大叫着："胡刀胡刀，你可真有造化，一次就儿女双全了！"

胡刀兴奋得像只采花粉的蜜蜂，他感激地看着自己的妻子，像看着一位功臣。产妇终于平静下来，她舒展地躺在鲜血点点的湿润的苇席上，为能顺利给胡家添丁进口而感到愉悦。

"吉喜大妈，兴许还来得及，您快去逝川吧。"产妇疲乏地说。

吉喜将满是血污的手洗净，又喝了一杯茶，这才包上头巾走出胡家。路过厅堂，本想再看一眼墙上胡会的那张洋相百出的画像，不料墙上什么画像也没有，只有一个木葫芦和两把木梭吊在那儿。吉喜吃惊不小，她刚才见到的难道是胡会的鬼魂？吉喜诧异地来到院子，空气新鲜得仿佛多给她加了一叶肺，她觉得舒畅极了。胡刀正在烧着什么，一簇火焰活跃地跳动着。

"你在烧什么？"吉喜问。

胡刀说："俺爷爷的画像。他活着时说过了，他要是看不到重孙子，就由他的画像来看。要是重孙子出生了，他就不必被挂在墙上了。"

吉喜看着那簇渐渐熄灭的火焰凄凉地想："胡会，你果然看到重孙子了。不过这胡家的血脉不是由吉喜传播下来的。"

胡刀又说："俺爷爷说人只能管一两代人的事，超不过四代。过了四代，老人就会被孩子们当成怪物，所以他说要在这时毁了他的画像，不让人记得他。"

火焰烧化了一片雪地，它终于收缩了、泯灭了。借着屋子里反映出的烛光，雪地是柠檬色的。吉喜听着逝川发出的那种轻微的呜咽声，不禁泪滚双颊。她再也咬不动生鱼了，那有质感的鳞片当年在她的齿间是怎样发出畅快的叫声啊。她的牙齿可怕地脱落了，牙床不再是鲜红色的，而是青紫色的，像是一面旷日持久被烟熏火燎的老墙。她的头发稀疏而且斑白，极像是冬日山洞口旁的一簇孤寂的荒草。

吉喜就这么流着泪回到她的木屋，她将渔网搭在苍老的肩头，手里提着木盆，吃力地朝逝川走去。逝川的篝火玲珑剔透，许多渔妇站在盛着泪鱼的木盆前朝吉喜张望。没有那种悲哀之声从水面飘溢而出了，逝川显得那么宁静，对岸的白雪被篝火映得就像一片黄金铺在地上。吉喜将网下到江里，又艰难地给木盆注上水，然后呆呆地站在岸边等待泪鱼上网。子夜之后的黑暗并不漫长，吉喜听见她的身后有许多人走来走去。她想着当年她浇到胡会身上的那盆剐鱼水，那时她什么也不怕，她太有力气了。一个人没有了力气是多么令人痛心。天有些冷了，吉喜将头巾的边角努力朝胸部拉下，她开始起第一片网。网从水面上唰唰地走过，那种轻飘飘的感觉使她的心一阵阵下沉。一条泪鱼也没捕到，是个空网，苍白的网摊在岸边的白雪上，和雪融为一体。吉喜毫不气馁，总会有一条泪鱼撞入她的网的，她不相信自己会两手空空离去。又过了一段时间，曙色已经微微呈现的时候，吉喜开始起第二片网。她小心翼翼地拉着第二片网上岸，感觉那网沉甸甸的。她的腿哆嗦着，心想至少有十几条美丽的蓝色泪鱼嵌在网眼里。她一心一意地收着网，被收上来的网都是雪白雪白的，她什么也没看见。当网的端头垂头丧气地轻轻显露时，吉喜蓦然醒悟她拉上来的又是一片空网。她低低地骂了上帝一句什么，跌坐在河岸上。她在想，为什么感觉网沉甸甸的，却一无所获呢？最后她明白了，那是因为她的力气不比从前了，起网时网就显得沉重了。

天色渐渐地明了，篝火无声地熄灭了。逝川对岸的山赫然显露，许多渔民开始将捕到的泪鱼放回逝川了。吉喜听见水面发出"啪啪"的声响，那是泪鱼入水时的声音。泪鱼纷纷朝逝川的下游去了，吉喜仿佛看见了它们那蓝色的脊背和红色的鳍，它们的尾灵巧地摆动着，游得那样快。它们从逝川的上游来，又到逝川的下游去。吉喜想，泪鱼是多么了不起，人的身子比它们大几百倍，它们却能岁岁年年地畅游整条逝川。而人却只能守着逝川的一段，守住的就活下去、老下去，守不住的就成为它岸边的坟冢，听它的水声，依然望着它。

吉喜的嗓音嘶哑了，她很想在逝川岸边唱上一段歌谣，可她感觉自己已经不会发声了。两片空网摊在一起，晨光温存地爱抚着它们，使每一个网眼都泛出柔和的光泽。

放完泪鱼的渔民们陆陆续续地回家了。他们带着老婆、孩子和狗，老婆又带着木盆和渔网，而温暖的篝火灰烬里则留有狗活泼的爪印。吉喜慢慢地站起来，将两片渔网拢在一起，站在空荡荡的河岸上，回身去取她的那个木盆。她艰难地靠近木盆，这时她惊讶地发现木盆的清水里竟游着十几条美丽的蓝色泪鱼！它们那么悠闲地舞蹈着，吉喜的眼泪不由弥漫下来了。她抬头望了望那些回到渔村的渔民和渔妇，他们的身影飘忽不定，他们就快要回到自己的木屋了。一抹绯红的霞光出现在天际，使阿甲渔村沉浸在受孕般的和平之中。吉喜摇晃了一下，她很想赞美一句上帝，可说出的仍是诅咒的话。

吉喜用尽力气将木盆拖向岸边。她跪伏在岸边，喘着粗气，用瘦骨嶙峋的手将一条条丰满的泪鱼放回逝川。这最后一批泪鱼一入水便迅疾地朝下游去了。

一坛猪油

一九五六年吧，我三十来岁，已经是三个孩子的妈妈了。上头的两个是儿子，一个九岁，一个六岁。老小是个丫头，三岁，还得抱在怀里。

那年初夏的一个日子，我在河源老家正喂猪呢，乡邮员送来一封信，是俺男人老潘写来的，说是组织上给了笔安家费，林业工人可以带家属了。他让我把家里的东西处理一下，带着孩子投奔他去。

老潘打小没爹没娘，他有个弟弟，也在河源。那时家里没值钱的东西，我把被褥、枕头、窗帘、桌椅、锅铲、水瓢、油灯统统给了他。猪被我贱卖了，做路费；房子呢，歪歪斜斜的两间泥屋，很难出手。我正急着，村头的霍大眼找上门来了。霍大眼是个屠夫，家里富裕，他跟我说，他想要这房子做屠宰场，问我用一坛猪油换房子行不。见我犹豫，他就说老潘待的大兴安岭他听人说过，一年有多半年是冬天，除了盐水煮黄豆就没别的吃的，难见荤腥。他这一说，我活心了，跟着他去看那坛猪油。

那是个雪青色的坛子，上着釉，亮闪闪的。先不说里面盛的东西，单说外表，我一眼就喜欢上了。我见过的坛子，不是紫檀色的就是姜黄色的，乌涂涂的，敦实耐用，但不受看。这只坛子呢，天生就带着股勾魂儿的劲儿，不仅颜色和光泽漂亮，身形也是美的。它有一尺来高，两拃来宽，肚子微微凸着，像是女人怀孕四五个月的样子。它的勒口是明黄色的，就像戴着个金项圈，喜气洋洋的。我还没看坛子里的猪油，就对霍大眼说，我乐意用它换房子。

我掀开坛子的盖儿，闻到了一股浓浓的油香，只有新榨出的猪油才会有这么冲的香气啊。再看那油，它竟然灌满了坛子，不像我想的，只有多半坛。那一坛猪油少说也有二十斤啊。猪油雪白雪白的，细腻极了，但我还是怕霍大眼把好油注在上面，下面凝结的却是油渣。我找来一截高粱秆，想探个虚实。我把高粱秆插进猪油的时候，霍大眼在一旁叹着气。我插得很慢，高粱秆进入得很顺畅，一直到底，些微阻碍都没有，说明这油是没杂质的。我抽出高粱秆来的时候，霍大眼说，这坛猪油是新炼的，用了两头猪上好的板油，他嘱咐我不能把猪油送给别人吃，谁想舀个一勺两勺也不行，一定要自己留着，因为这坛猪油他是专为我准备的。他说我若给了不相识的人吃，等于糟践了他的心意。我答应着，搬起这坛猪油出了院子。

我领着仨孩子上路了。那时老大能帮着干活了，我就让他背着四只碗、一把筷子、五斤小米和一个铝皮闷罐。老二呢，我也没让他闲着，他提着两罐咸菜和一摞玉米饼子。我编了一个很大的柳条篓，把我和孩子的衣服放在下面，然后让老三坐在上面，这样我等于背了衣服又背了孩子。我怀中抱着的，就是那个猪油坛子。

那是七月，正是雨季。临出发时，老潘的弟弟送了我一把油纸伞。我把它插在柳条篓里。老三在篓子里待得没意思时，就把它当甘蔗，啃个不停。

我们先是坐了两个钟头的马车，从河源到了林光火车站。在那儿等了三个钟头，天傍黑时，才上了开往嫩江的火车。那时往北边去的都是烧煤的小火车，它就像一头刚从泥里打完滚儿的毛驴，灰突突的。小火车都是两人座的，车上的人不多。别的旅客看我拖儿带女的，这个帮我卸背篓，那个帮我把孩子手中的东西接过来。还没等我们安顿好呢，火车就像打了个摆子似的，咣当咣当地开了。它这一打摆子不要紧，把站在过道上的老二给晃倒了，他的头磕在坐席角上，立时就青了，疼得哇哇大哭。我一想直后怕，万一老二磕的是眼睛，瞎了眼，我还哪有脸去见老潘呐。

我把猪油坛子放在了茶桌下面。一到火车要靠近站台时，就赶紧猫腰护着，怕它像老二一样被晃倒了。

带着仨孩子出门真不容易啊。一会儿这个说饿了，一会儿那个说要拉屎撒尿，一会儿另一个又说冷了。我是一会儿找吃的，一会儿领着他们上厕所，一会儿又翻衣服。天黑以后，车厢里的灯就暗了，小东西们折腾累了，老大斜倚着车窗，老二躺在坐席上，老三在我怀中，都睡了。我不敢睡，怕迷糊过去后，丢了东西和孩子。熬了一宿，天亮时，我们到了嫩江。

按照老潘信上说的，我找到了长途客运站。往黑河去的大客车三天一趟，票贵不说，我们来得不凑巧，刚走了一辆，等下趟要两天呢。我怕住店费钱，就买了便宜的大板汽车票，当天下午就上路了。

什么叫大板汽车呢？就是敞篷汽车，车厢体的四周是八十厘米左右高的木板，看上去像是猪圈的围栏。车上坐了三十来人，都是去黑河的。车上铺着干草，人都坐在草上。车头是好位置，稳，行路时不觉得特别颠，人家见我带着仨孩子，就让我坐在车头。我怕猪油坛子被颠碎，就把它夹在腿间。我用胳膊抱着孩子，用腿钩着坛子，引起了别人的笑声。有一个男人小声跟他身边的女人嘀咕：这女人一定是想男人了，把坛子都夹在裤裆里了。我白了他们一眼，他们就赶紧夸那只坛子好看。

坐敞篷车最怕的不是毒日头，而是雨。一下雨，大家就得把一块大苫布打开，撑在头顶，聚堆儿避雨。雷阵雨不要紧，哗啦哗啦下个十分钟八分钟也就住了，要是赶上大雨，就遭殃了。路会翻浆，不能前行，就得停靠在中途的客栈。

我们离开嫩江时天还好好的，走了两个来钟头后，天就阴了。路面坑坑洼洼的，司机开得又猛，颠得我骨头都疼了，好多人都嚷着肠子要被蹾折了。乌云越积越厚，接着空中电闪雷鸣的，没等我们把苫布扯开，雨点就噼里啪啦落下来了。我在车头，又要撑苫布又要顾孩子的，早把猪油坛子丢在一边了。那时只嫌自己长的手少，要是多出一双手来多好啊。雨越下越大，车越开越慢，苫布哗哗响着，感觉不是雨珠打在上面，而是一条河从天上流下来了。苫布下的人挤靠在一起，才叫热闹呢。这个女人嫌她背后的男人顶着了她的屁股，那个女人又嫌挨着她的老头口臭，抱怨声没消停过。不光是女人多嘴多舌，家禽也这样。有个人带了一笼鸡，还有个人用麻袋装着两只猪羔。鸡在窄小的笼子中缩着脖子咕咕叫，猪把麻袋拱得团团转。老大看猪羔把麻袋快拱到猪油坛子旁边了，就伸脚踹了一下。猪羔的主人生气了，他骂老大：它是猪，不懂事，你也是猪啊？老大小小年纪，但嘴巴厉害，顶起人来头头是道。他说：它不是人，不懂事；你是人，怎么也不懂事？苫布下的人都被老大的话给逗笑了。

傍晚的时候，汽车终于在老鸹岭客栈停了下来。尽管挡着苫布，但雨实在太大了，我蹲在苫布边上，衣服的后背都被雨潲湿了。我抱着坛子走进客栈时，店主一眼就相中它了。他问我，这是从哪儿弄来的古董啊？我说这不过是只猪油坛子。他嘴里啧啧叫着，在坛子上摸了一把又一把。他老婆看了生气了，说，你看它细发，摸个没完了？店主说，坛子又不是女人的奶子，有什么不能摸的？店主问我，它值多少钱，连油带坛子卖给我行吗？我说自己用两间泥屋换来了这坛猪油，我喜欢，不卖。店主冲我翻白眼，他老婆却给了我一个媚眼。

我们在老鸹岭等天放晴，一停就是三天。那时的客栈都是光板铺，上下两层，每层铺能躺二十几人。一般是男人住上铺，女人和孩子住下铺。人多，被子不够使，就两个人用一条。为了省点钱，我和孩子不吃客栈的饭，吃自己带来的玉米饼子和咸菜。下雨天凉，我怕孩子们受寒会闹病，就借用他们的灶房，用带来的闷罐和小米熬粥。我一进灶房，店主就和我纠缠，要买那只猪油坛子，说是多给我钱，不让他老婆知道。我讨厌和老婆隔心的男人，就说你就是给我座金山，也不换这个坛子！店主生了气了，他要收我煮粥的柴火费。我说你觉得那点钱拿在手上不烫手，就收吧！他冲我大叫：你这种死心眼的女人拿在手上才烫手呢！

在客栈里，人睡在铺上，东西什么的都得堆在地上。当然，能放在睡人的屋子里的东西都是死物。活物呢，像旅客带来的猪羔和鸡，都放在马房里。但凡开客栈的，没有不养马的。小孩子们喜欢在马房玩。离开老鸹岭的前一天，我去马房找老二和老小，在那儿给马喂食的店主指着他的几匹马说，说吧，你相中了哪个，我让你牵走！我问，你怎么非要这个坛子不可呀？店主说，好物件和好女人一样，看了让人忘不了！咱没福分娶好女人，身边有个好坛子，也算心里有个惦记的！谁想这话被他老婆听到了呢。马房的地上铺着干草，所以谁也没听见她进来了。这女人真是刚烈啊，她一句话没说，一头朝拴马的柱子撞去，当时就昏了，额角裂了道口子，鲜血一股一股地流出来，把玩捉老鼠游戏的孩子们都吓坏了。

这天晚上，雨停了，月亮出来了。第二天早晨，鸡还没叫，司机就吆喝我们上路了。当我抱着猪油坛子上汽车时，看见店主的老婆站在车旁。她受伤的额头上贴着一块药布，脸是灰的。她见了我叫了一声妹子，扑通一声给我跪下了，让我留下那个坛子！她说这一夜想明白了，要是一个男人身边活物死物都不让他喜欢，这男人就等于活在阴天里，她不想看她男人以后天天阴沉着脸。说完，她哭了。我正不知该怎么办才好时，司机把店主找来了。店主听说他老婆下跪是为了给他要坛子时，受感动了。他把老婆拉起来，说，下了三天雨，地上潮气大，你有关节炎，要是跪犯了病，自己遭罪不是？你要是想跪，晚上就跪我的肚子上，那儿热乎。他那话儿，把围观的人都逗笑了。店主对我说，好看的东西都是惹祸精，咱不要那个玩意了，你快抱着走吧。他嘴上这么说，可他看坛子的眼神还是留恋的。

我们离开老鸹岭客栈时，太阳冒红了，店主搀着他老婆回屋了。我的眼睛湿了，觉得这个坛子没白用房子来换，真是宝物啊。大家看着他们夫妻和睦了，都跟着高兴。男人打口哨，女人哼着歌。鸟儿也跟着凑热闹，空中传来阵阵欢快的叫声。有人说，现在客栈没旅客了，店主一定是一进屋就脱了裤子，让他老婆上来跪肚皮啦！大家哈哈笑。我家老二问，肚皮那么软，能跪住人吗？一个黄胡子男人说，男人身上有根绳，用它拴女人，一拴一个灵，跪得住，跪得住！大家笑得更厉害了。老二凡事爱刨根问底，他问，那根绳在哪儿？快告诉我呀。

我们笑了一路。傍晌午时，车停在潮安河，我们到一家小店简单吃了点东西，接着赶路。太阳落时，到了黑河。

黑河是我今生到过的最大的城市啦，黑龙江就打城边流过。城里有高楼，有光溜溜的马路，有吉普车。街上骑自行车的人多，让我觉得这个地方挺富裕的。一些女人穿着裙子，露着腿，看得出这个地方挺开放的。客运站就在码头边，车还没停下来，我就望见了码头上的客船和货船。

往上游漠河去的船每星期有两趟，一趟大船，一趟小船。那儿的人管大船叫大龙客，小船叫小龙客。我们到的当天上午，小龙客刚走。大龙客要两天后才开。我乐意在黑河耽搁两天，想着这次到了老潘那里，一头扎进大山里，指不定哪年哪月再出来呢，我得给脑子里攒点好风景，空落时好有个念想啊。买了船票后，我就领着孩子逛商店，买了二十尺蓝色斜纹布、五尺平纹花布，想着过年时给孩子们做新衣。黑河的对岸就是苏联，有家商店有苏联围巾卖，我看着花色和质地都好，又不贵，给自己买了一块。除了这些，我还买了几条肥皂和几包蜡烛，把手里的钱基本花光了。上船时，兜里只剩六块钱啦。不过那时的钱真顶用呀，我们娘儿几个在船上吃一顿饭，一块钱就够了。

大龙客比小龙客慢，又是逆水走，该是一天到的路，走了两天。坐船比坐敞篷汽车要舒服多了，稳当，又风凉。白天时，我领着孩子站在船尾看山水，看江鸥，也看船上的厨子捕鱼。那时的鱼真旺呀，撒下一片网，隔半个钟头起网，起码能弄到一脸盆鱼。孩子们玩得高兴，到了下船时，个个都舍不得。

我们下船的地方叫开库康，有人把它念白了，就成了开裤裆。老潘所在的小岔河经营所，离开库康还有五十多里呢。一下船，就有一个瘦高个的小伙子走上来问我，是潘大嫂吧？我说是啊。他说，我叫崔大林，潘所长让我来接你，我等了一个星期了。我对他说，这一路出来不顺当，在老鸹岭遇雨耽搁了三天，在黑河等大龙客又耽搁了两天。小伙子说，我还想呢，要是这趟船再等不来你们，我就回林场了。崔大林接过我怀中的猪油坛子，说，潘大嫂，你可真能耐，领着仨孩子，又倒火车又换船的，还捧着个坛子！

这崔大林给我的第一印象是机灵，会说话。他说他是林场的通信员。

我跟在崔大林身后去客店的时候，心里想，老潘当了所长了，看来在这里干得不错呀。可他在信上一个字也没透露过。他这个人就是这样，好事坏事都不爱跟女人说。

大龙客在开库康停了二十分钟，接着走了，它还有三站到终点呢。我们在开库康住了一宿，第二天一大早，就上路了。

崔大林准备了一副担子，挑着两个箩筐。他让老二坐在前筐，说是男孩子皮实，不怕日头。老小坐在后筐，说是有他的身影做着阴凉，老小在后筐就不会觉得太晒。他还把我们带来的东西分装在两个箩筐里。他挑着担子在前，我和老大跟在后面。我把猪油坛子放在背篓里，背在肩上，比抱在怀中要得劲多了。

要是轻手利脚地走五十里路，也得多半天，何况我们挑担背篓的，走的又是林间小路呢。崔大林虽然有力气，但他每挑个半小时左右，也要停下来喘口气。歇着时，老大爱问，还有多远？崔大林总是说，快了，翻过前面那座山就是。那时山上的树真多啊，水桶那么粗的落叶松和碗口粗的白桦树随处可见。林子中的鸟儿也多，啾啾地叫得怪好听。渴了，我们就喝山泉水，饿了，就吃上一把从开库康客店买的炒米。林子里的野花也多，老小坐在后筐里，时不时伸出手揪上一朵，不管是红百合、白芍药还是紫菊花，只管往嘴里填。我怕有些不认识的花会药着她，只让她吃百合花。大概她嘴里有了花香的缘故吧，蝴蝶和蜜蜂爱往她嘴丫飞，她哇哇叫着，挥着小手赶它们。要说林中什么东西最厌烦人，那就是蚊子、瞎蠓和小咬。它们都是爱喝人血的家伙。我们走着路的，它们难下口，坐在箩筐里的老二和老小可就遭殃了，到了中午，我发现老二的左眼皮让瞎蠓给咬肿了，他看上去一只眼大，一只眼小。老小呢，她的脖子和胳膊让蚊子叮了好多处，起了一片红点。我心疼坏了，心里忍不住埋怨老潘，他也不想着我领着仨孩子一路有多辛苦，只打发个人来，真心狠啊。想着到了那里后，一定不和他睡一个被窝，晾着他。

我们拖拖拉拉走到下午，忽然听见密林深处传来一阵马蹄声。崔大林放下担子对我说，这一定是打猎的鄂伦春人。果然，一忽的工夫，就见一匹棕红色的马从林子中窜出，马上是一个挎着猎枪、穿着布袍子的鄂伦春人。他见了我们跳下马，问崔大林我们要去哪里。崔大林说去小岔河经营所。鄂伦春人说他可以用马送我们过去。我让崔大林卸了担子，把箩筐吊在马上，但崔大林说他不累，非让我和老大骑马。老大胆子小，不肯骑。我也没骑过马，但看着马还算温顺，再说我累得不行了，看见马跟见了救星似的，就背着猪油坛子壮着胆上马了。刚上去时晃悠了几下，走了一会儿，就习惯了。开始时鄂伦春人帮我牵着马，后来他看我骑得稳，就去抢崔大林的担子，说是换换肩，让他歇一歇。鄂伦春人的心眼真是好使啊。

山中的路坑坑洼洼的，走这样的路，再有经验的马，也有失蹄的时候。在马上自在了一个多钟头后，我们经过一片裸露着青石的柳树丛。没想到马被一块石头绊了一下，它一侧歪，我从马上掉了下来。我倒是没怎么伤着，就是胳膊肘和膝盖破了点皮，可是那个猪油坛子可怜见的，摔碎了。一想到坛子抱了一路，快到地方却出了事了，我哭了。心疼白花花的猪油，更心疼那个漂亮的坛子，早知如此，还不如把它留在老鸹岭客栈呢。崔大林见我哭，就安慰我，说是把坛子的碎瓷拨拉开，猪油还是能吃的。他把能盛油的东西都拿来了，闷罐、碗，一把一把地往里划拉猪油。这些器物满了后，我把老潘弟弟送的油纸伞打开，把余下的猪油收进伞里。好端端的猪油沾上了草，一些蚂蚁在里面钻来钻去，我那心啊，别提有多难过了！但我凡事能看得开，想着这个坛子太美了，所以命薄，碎就碎吧。

我说什么也不敢骑马了。鄂伦春人觉得过意不去，他对老大说，他可以抱着他一同骑在马上，老大吓得连连说，我走得动。鄂伦春人要把坐着老二和老小的笭筐吊在马上时，他们也都哇哇叫，不愿意。他们一定是怕像我一样被颠下来。结果这匹马最后驮着的只是散装在背篓中的猪油。怕它们互相磕碰着，鄂伦春人捋了几把青草，把它们掖在闷罐、碗和半开的油纸伞之间。每走半个小时，他就去换崔大林，帮他挑会儿担子。

就这样，我们走走停停，把太阳走落了，把月亮走升起来了，把野兔走回窝了，把眼睛锃亮的猫头鹰走出来了。晚上八点多钟，到了小岔河经营所。那时笭筐里的老二和老小已经睡过去了。老潘见了我，还有心思开玩笑，说是有两个牛郎帮我挑担子，福气不小啊。

那时经营所的房子只有七八栋，有三十来个工人，其中七八个是带家属的，比我早到不了多少日子。我们住的房子是板夹泥的，很旧，老潘说那还是伪满金矿局留下的呢。我说，那我得留神点，说不定哪天挖地，挖出块狗头金呢！

鄂伦春人把我们送到后，骑着马走了。我嫌老潘没留他过夜。老潘说，他们睡不惯屋子，喜欢住在林子里，你留他，他也不会答应的。

我折腾得骨头都快散架了，安顿好孩子后，我烫了个脚，上了炕。快两年没见老潘，我有一肚子的委屈。猪油坛子碎了时，想着晚上给他点颜色看，可一见着人，就刚强不起来了，看他哪里都亲，最后还不是睡在一起了？

　　只一两天的时间，小岔河的孩子们就熟悉起来了。老潘说年底时还要上一批工人，到时组织上会派来一个教师，那时老大就有学上了。不然他这种年龄不上学，在大山里就耽搁了。

　　我把猪油从闷罐、碗和伞中用勺子刮到一个脸盆里，用它做菜。那时小岔河开垦出的土地不多，再加上菜籽不全，男人们只种了豆角和土豆。我们这些留在家里的女人就找了一个在山中游猎的鄂伦春人，让他教我们认野菜。采了水芹菜、山葱、老桑芹后，我们就换着样地给男人们做菜，把他们吃得天天叫好，上山伐木时更有力气了。野菜用猪油烹调最对路了，野菜吃油啊。有时吃着吃着，会在菜里发现蚂蚁，那是猪油洒了时，蚂蚁趁乱溜进去的。它们贪了口福不假，小命却是搭上了。老潘夹着蚂蚁时，也不挑出，说是蚂蚁浸了一身的油，扔了可惜，连同它一起吃了。到了小岔河没两个月，我怀上了。兴许是吃猪油的缘故，这胎儿特别显怀，秋天蘑菇下来的时候，谁都看出我有了。男人们就拿老潘开玩笑，说，潘大嫂才来两个来月，你的种子就发芽了，本事大啊。老潘笑着说，都是猪油里的蚂蚁搞的，那东西长力气啊！

　　大兴安岭一到十月就进入冬天了。那时的雪真大啊，一场连着一场。天是白的，地是白的，树和人被这一上一下两片白给衬的，都成了黑的了。男人们采伐，女人们也不能闲着，除了带孩子做饭，还得上山拉烧柴。碰到樟子松身上有明子疙瘩的，我们就锯下来，把它劈成片，用来引火。我们还把明子疙瘩放到大铁锅里，添上水，熬油。熬出的油像琥珀似的，可以用来点灯。这样的灯油散发的烟有股浓浓的松香气，好闻极了。我就是在熬松油的时候要临产的。那是一九五七年的四月，要是在南方，麦苗都青了，可小岔河还在下大雪，黑龙江也封冻着呢。当地虽然有个卫生所，但唯一的医生只能治个头痛脑热，处置点小的外伤什么的。碰到大毛病，就傻眼了，到时就得套上爬犁，用担架把重病号送到开库康。

那时的女人最怕生孩子难产了。在那种地方，人说扔就扔了。按理说，我生过仨孩子了，不该怕了，可是胎儿太大了，疼得我满炕打滚，就是生不下来。幸亏那是傍黑的时候，男人们从山里回来了。卫生所的医生看我那样子，害怕了，她让老潘赶快想办法送我出山。如果去开库康，快马也得三个钟头，何况我上不了马。这时崔大林说，要不就送江对岸吧，苏联那里的医院好。

那个年月，住在黑龙江界河沿岸的村落，比如洛古河、马伦、鸥浦，如果碰到了来不及去大医院救治的重病人，便就近送到苏联去了，比如加林达、乌苏蒙。虽说过界是不允许的，苏联那边有岗哨，但他们看见抬来的是病人的话，就会让我们入境。老潘是个党员，又是经营所的领导，按理说不管我和孩子是死是活，该把我往开库康送，免生麻烦。但老潘就是老潘，他一点也没犹豫，立马吩咐人套马爬犁，准备担架，领上崔大林，把我用两床棉被包裹上，去了苏联。那个小村当地人叫它"列巴村"，列巴就是"面包"的意思。苏联人喜欢吃列巴，夏季时能从江边闻到对岸烤面包的香味。那时黑龙江还封冻着，省却了渡船的麻烦。我们一越边界，苏联岗哨的两个士兵就端着枪跑来了，没谁会说俄语，老潘指着马爬犁上的我，拍了一下我的大肚子，然后摇摇头，苏联士兵便明白这是遇到难产的病人了，点了点头。其中的一个带路把我们送到了医院。那家医院虽小，但设施全。接诊的是个年岁很大的男医生，胡子都白了。他看了看我的情况后，先是给我打了一针，然后给我做了剖腹手术，取出了个哇哇哭叫的胖男娃。他快十斤重了，怪不得我生不下来呢。老潘一看母子平安，一个劲儿地给那个医生作揖。由于出来匆忙，我们什么礼物也没有带，老潘有块手表，他从腕上撸下来，送给医生，人家笑笑把表又套回他手腕上了。老潘满身翻，翻出半包烟和两块钱。钱是人民币，给他也不能使，老潘就把烟递给医生。医生指了指我，摆摆手，示意在病人面前不能抽烟。由于开了刀，当天不能返回，我们在那儿住了两天。苏联医生招待我们吃喝，还帮我们喂马。医院的女护士给我带来了鸡蛋和面包，还送给孩子一套棉衣裳，蓝地红花，怪好看的。临走的时候，我很舍不得，我亲了女护士，也亲了给我做手术的男医生。岗哨的士兵拿出一页我们谁都看不懂的纸，让老潘在上面签了字，按了手印。

回到小岔河林场后，老潘就去了开库康，辞他的所长去了。他说自己无组织无纪律，为了让老婆平安生产，越了边界，不配做所长了。但组织上只给他一个口头警告，没处分他。他从开库康欢天喜地地回来了，买了两斤喜糖，给小岔河的每户人家都分发了几颗。这孩子是在苏联生的，我们给他起的大名是"苏生"，小名呢，就叫蚂蚁。老潘说不是因为猪油中的蚂蚁滋养，他的精血不会那么旺，致使我怀的胎儿壮得生不下来。

苏生是几个孩子中长得最漂亮的了。宽额和浓眉随老潘，高鼻梁和上翘的唇角随我。眼睛呢，既不随我，也不随老潘，不大不小，黑亮极了，老潘说随蚂蚁。他非说蚂蚁的眼睛亮。小岔河的人都喜欢他，说他生就一副富贵相。人们很少叫他的大名，都爱叫他的小名。

蚂蚁四岁时，崔大林结婚了。小岔河来了个皮肤白净的女教师，叫程英，扬州人。也许是江南的水土好吧，她长得才俊呢，杨柳细腰，俏眉俏眼的，两条大辫子乌黑油亮的，在肩后一荡一荡的，荡得男人们心都慌了。有三个人追求她，一个是开库康小学的老师，一个是小岔河林场的技术

079

员，还有就是崔大林了。最后她还是嫁给了崔大林，人家说
程英是看上了崔大林家祖传的一只镶着绿宝石的金戒指。

在当地，结婚前夜有"压床"的习俗。所谓"压床"，
就是找一个童子，陪新郎官睡上一夜。据说这样婚床才是干
净的。崔大林和程英都喜欢蚂蚁，就让他去压床。一般四岁
的孩子，离不开父母的怀儿，可我们跟蚂蚁说，让他跟崔叔
叔睡一夜的时候，他高高兴兴地答应了。崔大林抱他走的时
候，蚂蚁还问，我是睡崔叔叔呢，还是睡程阿姨？把我和老
潘笑得哇，说，你要是睡了程阿姨，崔叔叔就该打你的屁
股了！

蚂蚁没压好床，崔大林说，这孩子突然肚子疼，哼唧了
一宿。到了天明，这才消停了。老潘去接蚂蚁的时候，他
的肚子疼已经好了，他还拿着赏给他的两块压床钱，跟老
潘说他能给家里挣钱花了。

崔大林的婚礼才热闹呢，小岔河林场的人都到场了。那
是一个夏天的礼拜天，我们在屋外搭起帐篷，支上锅灶，女
人们七碟八碗地做菜，男人们喝酒，孩子们呷着喜糖做游
戏，一直闹腾到晚上。年轻的小伙子又去闹洞房，把新郎新
娘折腾到了天明。

我们在婚礼上见到了新娘子手上戴的戒指。金戒指上果
然镶着颗菱形的绿宝石，那宝石看一眼就让人忘不了，是那
种没有一点杂质的透亮的绿，醉人的绿！我们这些女人拉着

程英的手，个个看得啧啧叫，羡慕得不得了。有人说它值一栋好房子，有人说它值一车皮红松，有人说它值五匹好马，还有人说它值一千丈布。只要是我们能想得到的好东西，都被打上比方了。从那以后，我们见到的程英就是手指上戴着绿宝石戒指的样子。她握着粉笔在黑板上写字的时候，学生们都说那字被映得一闪一闪的。冬天时，她戒指上的那点绿看了让人动心，好像她的指尖上藏着春天。

孩子们在小岔河一天天长大了，林场的人也越来越多了。小岔河学校又增加了一名男教师，是个单身，人家都说崔大林很不高兴他和程英一起工作。

说来也怪，程英结婚好几年了，一直没有怀上孩子。她的身体看上去挺好，不像是不能生养的，有人就嘀咕崔大林有毛病。有一年春节，他们俩回程英的娘家探亲，回来时带来了大包小包的中药。从那以后，崔大林家就老是飘出汤药味。我们猜那是治疗不孕症的药。至于是谁吃，我们猜不出来，也不便问。

山中的日子说慢很慢，说快也很快。好像是一忽的工夫，我的鬓角就白了，老潘的力气也不如从前了。尽管生了蚂蚁后我又怀上了两回，但没一个能站住脚。头一个三个月时就流产了，第二个倒是生下来了，是个女孩，才四斤多，我没奶水，只得喂她羊奶。她弱得三天两头就病，三岁时，一场高烧要了她的命。从那以后，我就跟老潘说，咱也是奔五十的人了，有四个孩子了，再不要了。老潘说，不生也够本了，咱最后那一笔多带劲啊！那一笔当然指的是他心爱的蚂蚁。

"文革"前，老大参加工作了，在小岔河林场当木材检尺员。老二喜欢上学，我们就让他在开库康上中学。老姑娘在小岔河上小学，她一拿课本就迷糊，脑瓜不灵便，程英说别的孩子记一个生字三五分钟就够了，她呢，一天也学不会一个字，都五年级了，没有一篇课文能读连贯。不过她手工活儿巧，会钩窗帘、织毛衣，还能裁剪衣裳，我想女孩子会这些就不愁嫁人了。最让人省心的是蚂蚁，他功课好，又勤快，还仁义。学校冬天得生炉子，他那个教室的炉子，都是他烧的。每天天还没亮，他就去烧炉子了。等到上课时，教室就暖和了。

"文革"开始了，中苏关系也紧张了。因为我在苏联的列巴村生的蚂蚁，旧账新算，非说老潘是苏修特务。说老潘当年签的字是卖国的证明，他经营所所长的职务给撤了，人被揪斗到开库康，在船站打杂。崔大林也跟着倒霉了，被发配到开库康粮库看场。后来是老潘把责任都揽到自己身上，说是当年是他主张送老婆去苏联的，而且字也是他签的，跟崔大林没丝毫关系，让他还是留在小岔河。说是崔大林在开库康，跟老婆分居，耽误下种。人家都知道崔大林没有孩子的事情，就把他放回小岔河了。不过他不能坐办公室了，跟工人一样上山伐木了。

可是崔大林回到小岔河没多久，程英就死了。

要了程英命的，是那只绿宝石金戒指。

自打程英结婚后，那戒指就没离过手。她教书时戴着，挑水时戴着，到江边洗衣服时还戴着。也许是一直没有孩子的缘故，程英后来脸色不如从前了，人也瘦了。有一天，程英去江边洗衣服，回来后发现戒指丢了。人一瘦，手指自然也跟着瘦了，再加上肥皂沫的使坏，戒指一定是禿噜到江中了。小岔河的人都帮着程英去找戒指，人们在程英洗衣服的那一段江面撒开了人，浅水处用笊篱捞，深水处由水性好的潜进去搜寻，折腾了两天，也没找着。

程英没了戒指后，整个人就跟丢了魂似的，看人时眼神发飘，你在路上碰见她，跟她打招呼，她就像没听见似的。她给学生上课，也是讲着讲着就卡了壳。她原来是个利索人，衣服从没褶子，裤线总是压得笔直的，辫子编得很匀称。可从戒指丢了后，她等于失去了护身符，衣衫不整，头发蓬乱，牙齿缝塞着菜叶也不知剔出来。从她的表现看，人们暗地都说，当年她嫁给崔大林，确实图的是财，而不是人。

有天晚上，程英没有回来。崔大林把小岔河找遍了，也不见人。四天后，在黑龙江下游一个叫"烂鱼坑"的地方发现了她。尸首荡在岸边的柳树丛里，已经腐烂了。人们都说，程英要么是去江中找戒指时让急流卷走了，要么就是自杀。没了心爱的东西，她就活不起了。

我想起蚂蚁当年去崔大林那儿压床时害肚子疼的事情，看来童子是有灵光的，他们的婚床没给那对新人带来好运。

崔大林从此后腰就弯了，整天耷拉着脑袋，跟谁也不说话了。不到四十岁的人，看上去像个小老头了。他家从那以后再也没有汤药味飘出来了。

崔大林没了老婆，再加上他因为老潘受了牵连，我很过意不去。蚂蚁在家时，我常打发他去帮崔大林干点活儿，劈个柴啦，扫个院啦，挑个水啦。有时候做了好吃的，就送给他一碗。小岔河的人也可怜他，常有人往他家送菜和干粮。

蚂蚁那时已经大了，他知道爸爸因为他而遭殃了，很不开心。他开始逃学，也不给学校生炉子了。有的时候，他一个人扛着红缨枪，步行几十里，去开库康看他爸爸。说是谁若敢在他爸身上动武，他就用刺刀挑了他！他十四岁时就有一米七了，体重一百多斤，胡子也长了出来，像个大小伙子了。开库康的人没有不知道蚂蚁的，他来到那里，总是雄赳赳的模样。就连批斗老潘的人都说，你这辈子值了，有这么个好儿子！

蚂蚁不上学后，冬天就上山伐木；夏天呢，他跟着人去黑龙江上放排，把木材从水上由小岔河运送到黑河的码头。每放一次排，总要十天八天的时间。放排是个危险的活儿，蚂蚁一跟着上排，我就睡不着觉，想着黑龙江上有许多急流险滩，万一出了事，可怎么好？所以蚂蚁放排时，我总要请把头喝一次酒，托付他照应好蚂蚁。木排上的把头又称"看水的"，掌管棹，棹相当于船桨，起舵的作用。放排是否平安，取决于掌棹人的手艺。看水的把头都喜欢蚂蚁，说是他一上了排，一路风平浪静。他是福星。一般的木排有一百多米长，三十多米宽，排上能装二百多立方米的木材。一个排上放排的人总要有七八人，排上有锅灶和窝棚，可以在上面做饭和睡觉。把头说，蚂蚁最喜欢站在排上往江里撒尿，说是畅快。赶上月亮好的夜晚，他们在排上喝酒，蚂蚁就说快板书。他说书的内容是自编的，全是英雄美人的故事，放排的人都爱听。

一九七四年吧，蚂蚁虚岁十八了。好多人都给他介绍对象，可蚂蚁说大丈夫四海为家，娶了女人累赘。这年夏天，他又去放排了。这次放排改变了蚂蚁的命运。

从小岔河往黑河去的水路上，要经过一个叫金山的地方。金山的对岸，是苏联的一个小镇。一般来说，放排是昼行夜宿的，就是说每天晚上要找一个地方"停排"，第二天早晨再"开排"。金山那段水路石砬子多，赶上那天风大，看水的把头在停排时掌握不住棹了，木排打着旋儿，顺着风势，一直往苏联那边漂，一忽的工夫，就撞到人家的岸上了。那时苏联在黑龙江上增加了防御，常有被我们称为"江兔子"的巡逻艇在江上窜来窜去。木排一靠那岸，江兔子就追过来了，苏联士兵端着枪下来，哇啦哇啦地冲放排的人叫嚷。语言不通，把头就指着天，意思是说老天爷把我们吹来的，我们并没想越界。蚂蚁鼓着腮帮子，呜呜呜地学大风叫，把苏联士兵都逗笑了。那时正是傍晚，小镇的人家都在忙活晚饭，烤列巴的香味飘了过来。把头说，岸边有几个织渔网的姑娘，其中一个姑娘穿着蓝色布拉吉，金黄色的头发，梳着一条独辫，水汪汪的大眼睛，白净的皮肤，鹅蛋形脸，嘴唇像是刚吃完红豆，又丰满又鲜艳。她不看别人，专盯着蚂蚁。把头知道苏联人喜欢喝酒，就把木排上的几瓶烧酒拿来，送给他们。他们呢，吩咐岸边的姑娘进镇子拿来了酸黄瓜和列巴。苏联士兵和放排的人围坐在岸边，一起吃喝。那个姑娘呢，就站在蚂蚁身后，一会帮他掰面包，一会帮他添酒。蚂蚁也喜欢她，看她一眼脸就红一阵。吃喝完了，天黑了，风住了，月亮升起来了，把头预备把木排摆回金山岸边了。那个姑娘看蚂蚁上了排，眼泪汪汪地从兜里掏出一个小木勺，送给他。木勺的把儿是金色的，勺面呢，是金色的地儿，上面描画着两片红叶、六颗红豆。蚂蚁接了木勺后，把它插在心窝那儿。

这次放排回来后，蚂蚁就不是从前的蚂蚁了。他常常一个人拿着木勺，坐在院子里发呆。他每天要去一次江边，名义是捕鱼呀，洗澡呀，刷鞋呀，其实大家都明白他是为了看看对岸。

有一天，蚂蚁用网挂上来一条足有十多斤重的红肚皮的细鳞鱼。那鱼被提回家时，还摇头摆尾着。我想做个酱汁鱼，装上一罐，去开库康看看老潘。刮完鱼鳞，用刀剖膛时，我发现这鱼的鱼肚异常地大。大鱼的鱼肚是不可多得的美味，我划开鱼肚，一缕绿光射了出来，那里面竟然包裹着一只戒指！取出后一看，竟然是程英丢失的那一只，我简直不能相信自己的眼睛！我怕是自己眼花了，喊来蚂蚁，他看了一眼就说，是程老师戴的戒指啊！我们把它放在水盆中，用肥皂洗了又洗，将附着在上面的鱼油和江草洗掉，它鲜亮得就像一个要出嫁的姑娘，看一眼就让人怦怦心跳。我想这条鱼要是早打上来就好了，那样程英就不会死了。这也说明，戒指确实是在她洗衣裳时滑落到江水中的。我和蚂蚁赶紧用块手绢包了戒指去崔大林家，想把它还了。谁知崔大林见了戒指后看了一眼就哭了，说，这是命啊，命啊，我不能要这戒指了。我以为他想起程英伤心，就说，你现在看着难受，就把它锁在柜子里。你下半辈子又不能一个人这么过下去，碰到合适的还得找一个，晚上吹灯后好有个说话的人。崔大林抓着我的手，哭得像个泪人，说，潘大嫂，这戒指命该是你的，我说什么也不能要。它要是再回到我家，我非死了不可！我说，这东西这么金贵，不是我的，我不能要。崔大林竟然给我跪下了，求我救救他，留下戒指。我见他那样，就说，那就给蚂蚁吧，鱼是他打上来的，等于他捡着的，这戒指留着他将来娶媳妇用。蚂蚁将崔大林从地上拉起来，干脆地说，我喜欢它，我要！就把戒指取过来，揣在兜里了。

那时我并不知道崔大林心中的秘密，只当他没了旧人，怕见旧物了。

我把那条细鳞鱼用油煎透，放了一碗黄酱，慢火煨了三个钟头，鱼骨都酥了，盛了满满一罐，搭了一辆拖拉机，去开库康了。那时从小岔河到开库康已经修了简易公路，走起来方便多了，两个钟头就到了。船站的人对老潘很好，并不让他干重活，我去了，还让他休息一天，陪我逛逛供销社。我跟老潘说了戒指藏在鱼肚中的事情，老潘说，听上去像是神话，只有蚂蚁才能把吞了绿宝石戒指的鱼打上来啊！

我怎么能够想到，等我从开库康返回小岔河时，蚂蚁走了。他留下了三封信，一封是给开库康的组织的，说是他爸爸因为他生在苏联而成了苏修特务，现在他离开中国了，跟家里永久断了联系，应该把他爸爸放回小岔河了。一封是给他哥哥姐姐的，说是他不孝，请他们好好待父母，为我们养老送终。还有一封是写给我和老潘的，说是他此去，永不回来了，请我们不要难过，要保重身体。在我们那封信的下面，他还画了一个磕头的男孩，说是每年除夕，只要他活着，不管在哪里，他都会冲着小岔河的方向，给我们磕头拜年的。

蚂蚁带走了那只戒指和那把描画着红豆的木勺。我明白，他这是游到对岸去了。老潘是条硬汉，我从没见过他掉泪，但蚂蚁的走，让他痛不欲生，以后只要谁一提起这个话题，他就掉泪。我也是心如刀绞，但为了老潘，只得挺住，我劝他，在哪里生的孩子，最后还得把他还到哪里，这是命啊。

我们没敢把信的内容透露出去，只是说蚂蚁失踪了，不知去哪里了。不然，老潘等于有了一个叛国投敌的儿子，罪更大了。那些日子我们整天提心吊胆的，怕蚂蚁突然被遣返回来。没有遣返的消息时，我们又担心他偷渡时淹死了，所以一听说黑龙江的哪个江段发现了尸首时，我们就打哆嗦，直到确认那人不是蚂蚁时，才会舒口气。到了冬天封江时，我们的心渐渐安定下来，想着蚂蚁一定是平安过去了，跟心爱的姑娘在一起了。

"文革"结束了，老潘回到小岔河。那时经营所已经扩展成林场，上头派来了一个场长，让老潘做副场长，他谢绝了。他说自己快六十的人了，又得了风湿病，没能力做事情了。我明白，蚂蚁的离去，等于把他油灯中的灯芯抽去了，他的心里没有多少亮儿了。

一九八九年，老潘死了。他活了七十岁，也算喜丧了。离世前，他对我说，真是馋你当年来小岔河时带来的猪油啊。我知道他是想蚂蚁了，就拿来蚂蚁留给我们的那封信，他眼睛盯着那个磕头的男孩，笑了笑，撒手去了。

在老潘的葬礼上，崔大林把折磨了他半生的秘密告诉了我。他说那个戒指确实是我的，当年他从开库康接我来小岔河的路上，猪油坛子碎了，他在帮我往碗里划拉猪油时，发现了一只绿宝石戒指。他一时贪财，把它窃为己有。开始时他不敢把它拿出来，以为那是我藏到里面的，后来套问过我几次，知道那坛猪油是用房子换来的，戒指的事我一无所知，他就敢拿出来了。程英能跟他，确实是因为这只戒指。他其实心里清楚，程英更喜欢那个追求她的技术员。婚后，他一看到这只戒指，腿就发软，做不成男人该做的事。他央求过程英，不让她戴那玩意，可她不答应，他们为此没少吵嘴。我问崔大林，你为什么要等到老潘死了才告诉我？他说，老潘是条汉子，他要是知道了，他看我的眼神就能把我给杀了啊。

我这才明白，当年霍大眼为什么嘱咐我不要让别人吃那坛猪油，看来他要送我那只戒指，他暗中是喜欢我的。老潘的弟弟刚好从河源老家赶来奔丧，我就向他打听霍大眼的情况。他说，霍大眼得了脑溢血，死了六七年了！他活着时，一见老潘的弟弟，就向他打听，你哥哥嫂子来信了吗？他们在那里过得好吗？老潘的弟弟说，有一回他告诉霍大眼，说我生了一个儿子，叫蚂蚁，霍大眼说了句，比叫臭虫好啊，气呼呼地走了。霍大眼的老婆是个泼妇，两口子别扭了一生。霍大眼病危时，他老婆正在鞋店试一双黑皮鞋。别人唤她快回家，她不急不慌地对店主说，给我换双红鞋吧，他死了，我得辟邪，省得老王八蛋的鬼魂回来缠我。

咳，可惜我知道这戒指的来历晚了一步。要是老潘在，我可以跟他显摆显摆：瞧瞧啊，也有别的男人喜欢我啊。不过以老潘的脾性，他听了后肯定会哈哈大笑着说，一个眼睛长得跟牛眼似的屠夫喜欢你，有什么臭美的？

老潘死后的第二年，崔大林也死了。我仍然活着，儿孙满堂。我这一生，最忘不了的，就是从河源来小岔河那一路的风雨。我的命运，与那坛猪油是分不开的。夏日的傍晚，我常常会走到黑龙江畔，看看界江。在两岸间扇着翅膀飞来飞去的鸟儿，叫声是那么的好听。有一种鸟会发出"苏生——苏生——"的叫声，那时我便会抬起头来。我眼花了，看不清鸟儿的影子，但鸟儿身后的天空，我还看得挺分明呢。

散 文

　　我独自来到了一个白雪纷飞的地方，到处是房屋，但道路上一个行人也看不见。有的只是空中漫卷的雪花。雪花拍打我的脸，那么地凉爽，那么地滋润，那么地亲切。

我的世界下雪了

　　沿着堤坝向南走，可以看到一带蜿蜒起伏的山峦。春夏时节，那山是绿色的。当然，这绿也不是纯粹的绿，其中仍夹杂着点点的白色，那是白桦树荡漾在松林中的几点笑窝。山脚下，有一条清澈而宽阔的河流——呼玛河。从河岸到堤坝，是一片茂密的柳树丛和几百棵高大的青杨。那些青杨间距很广、错落有致地四散开来，为这带风景平添了几分动人的风韵。初春的时候，残雪消融，矮株的柳树红了枝条，而高大的青杨则绿了身躯，那些青杨就像是站在河岸的穿着绿蓑衣的渔民，而那丝丝柳枝，有如一群漫游在他们脚下的红鱼。

　　如果是沿着河岸向南走的话，你仍然可以看到山峦、柳树丛和青杨，不过在岸边还可以看到一块又一块的庄稼地和在那里劳作的农人的身影。如果你乐意，可以停下脚来问问他们今年的庄稼长势如何，他们会热情地告诉你，哪种庄稼长势喜人，哪种庄稼缺了雨水，哪种庄稼又遭了虫灾。他们跟你说话的时候，偎在他们身旁的先前还跟你汪汪叫着的狗，立刻就停止了吠叫，它会摇着尾巴，歪着头听你和它的主人友好地交谈。而那谈话始终是有流水声相伴着的，河水"哗——哗——"地流着，就像一位腰肢纤细、身材修长的白衣少女，正躺在那里懒洋洋地小睡着，而河水发出的如歌的行板就是她均匀的呼吸。

当然，我是从一个漫步者的角度描述我故乡居室窗外的风景的。如果你坐在书房的南窗前观赏山峦、柳树丛和河流，那就是另一番情境了。通常情况下，河水看上去只是浅浅细细的一条亮线，但是到了涨水的季节，而月亮又格外地圆润皎洁的话，河流就被映照得焕发出勃勃金光，明亮得就像镶嵌在大地上的一道闪电。而山峦和柳树丛呢，它们也会因着观察角度的变化而改变了容颜，山显得低了些，山峦与天相接所呈现的剪影也就更为明显，它那妖娆的曲线一览无余；柳树丛呢，它们缥缈得就像岸边的一片芦苇，而那些高大的青杨，由于你看不清它们身上那些纵横的枝丫和漫溢着的鲜润的绿色，则很有点武士的味道了，显得那么地浑厚、苍劲和威严。

如果把老天比喻为一个画师的话，那么它春夏时节为大自然涂抹的是如梦似幻的温柔之色；到了秋天，它的画风发生了巨变，它借着秋霜的手，把山峦点染得一派绚丽，那灿烂的金黄色成为这个季节的主色调，让人想起凡·高的画。但这种绚丽持续不了多久，随着冷空气频频地入侵，落叶飘零，山色骤然变得暗淡陈旧了。但这种暗淡也不会让你的心灰暗很久，伴随着雪花那轻歌曼舞的脚步，山峦迎来了另一次的灿烂，它披上一件银白的棉袍，于苍茫中呈现着端庄、宁静的圣洁之美。

我之所以喜欢回到故乡，就是因为在这里，我的眼睛、心灵与双足都有理想的漫步之处。从我的居室到达我所描述的风景点，只需三五分钟。我通常选择黄昏的时候去散步。去的时候是由北向南，或走堤坝，或沿着河岸行走。如果在堤坝上行走，就会遇见赶着羊群归家的老汉，那些羊在堤坝的慢坡上边走边啃噬青草，仍是不忍归栏的样子。我还常看见一个放鸭归来的老婆婆，她那一群黑鸭子，是由两只大白鹅领路的。大白鹅高昂着脖子，很骄傲地走在最前面，而那众多的黑鸭子，则低眉顺眼地跟在后面。比之堤坝，我更喜欢沿着河岸漫步，我喜欢河水中那漫卷的夕照。夕阳最美的落脚点，就是河面了。进了水中的夕阳比夕阳本身还要辉煌。当然，水中还有山峦和河柳的投影，让人觉得水面就是一幅画，点染着画面的，有夕阳、树木、云朵和微风。微风是通过水波来渲染画面的，微风吹皱了河水，那些涌起的水波就顺势将河面的夕阳、云朵和树木的投影给揉碎了，使水面的色彩在瞬间剥离，有了立体感，看上去像是一幅现代派的名画。我爱看这样的画面，所以如果没有微风相助，水面波澜不兴的话，我会弯腰捡起几颗鹅卵石，投向河面，这时水中的画就会骤然发生改变，我会坐在河滩上，安安静静地看上一刻。当然，我不敢坐久，不是怕河滩阴森的凉气侵蚀我，而是那些蚊子会络绎不绝地飞来，围着我嗡嗡地叫，我可不想拿自己的血当它们的晚餐。

在书房写作累了，只需抬眼一望，山峦就映入眼帘了。都说青山悦目，其实沉积了冬雪的白山也是悦目的。白山看上去有如一只只来自天庭的白象。当然，从窗口还可以尽情地观赏飞来飞去的云。云不仅形态变幻快，它的色彩也是多变的。刚才看着还是铅灰的一团浓云，它飘着飘着，就分裂成几片船形的云了，而且色彩也变得莹白了。如果天空是一张白纸的话，云彩就是泼向这里的墨了。这墨有时浓重，有时浅淡，可见云彩在作画的时候是富有探索精神的。

无论冬夏，如果月色撩人，我会关掉卧室的灯，将窗帘拉开，躺在床上赏月。月光透过窗棂漫进屋子，将床照得泛出暖融融的白光，沐浴着月光的我就有在云中漫步的曼妙的感觉。在刚刚过去的中秋节里，我就是躺在床上赏月的。那天浓云密布，白天的时候，先是落了一些冷冷的雨，午后开始，初冬的第一场小雪悄然降临了。看着雪花如蝴蝶一样在空中飞舞，我以为晚上的月亮一定是不得见了。然而到了七时许，月亮忽然在东方的云层中露出几道亮光，似乎在为它午夜的隆重出场做着昭示。八点多，云层薄了，在云中滚来滚去的月亮会在刹那间一露真容。九点多，由西南而飞向东北方向的庞大云层就像百万大军一样越过银河，绝大部分消失了踪影，月亮完满地现身了。也许是经过了白天雨与雪的洗礼，它明净清澈极了。我躺在床上，看着它，沐浴着它那丝绸一样的光芒，感觉好时光在轻轻敲着我的额头，心里有一种极其温存和幸福的感觉。过了一会儿，又一批云彩出现了，不过那是一片极薄的云，它们似乎是专为月亮准备的彩衣，因为它们簇拥着月亮的时候，月亮用它的芳心，将白云照得泛出彩色的光晕，彩云一团连着一团地出现，此时的月亮看上去就像一个巨大的蜜橙，让人觉得它荡漾出的清辉，是洋溢着浓郁的甜香气的。午夜时分，云彩全然不见了，走到中天的明月就像掉入了一池湖水中，那天空竟比白日的晴空看上去还要碧蓝。这样一轮经历了风雨和霜雪的中秋月，实在是难得一遇。看过了这样一轮月亮，那个夜晚的梦中就都是光明了。

　　我还记得二〇〇二年正月初二的那一天，我和爱人应邀到城西的弟弟家去吃饭，我们没有乘车从城里走，而是上了堤坝，绕着小城步行而去。那天下着雪，落雪的天气通常是比较温暖的，好像雪花用它柔弱的身体抵挡了寒流。堤坝上一个行人都没有，只有我们俩手挽着手，踏着雪无言地走着。山峦在雪中看上去模模糊糊的，而堤坝下的河流，也已隐遁了踪迹，被厚厚的冰雪覆盖了。河岸的柳树和青杨，在飞雪中看上去影影绰绰的，天与地显得如此地苍茫，又如此地亲切。走着走着，我忽然落下了眼泪，明明知道过年落泪是不吉祥的，可我不能自持，那种无与伦比的美好滋生了我的伤感情绪。三个月后，爱人别我而去，那年的冬天再回到故乡时，走在白雪茫茫的堤坝上的，就只是我一人了。那时我恍然明白，那天我为何会流泪，因为天与地都在暗示我，那美好的情感将别你而去，你将被这亘古的苍凉永远环绕着！

所幸青山和流水仍在，河柳与青杨仍在，明月也仍在，我的目光和心灵都有可栖息的地方，我的笔也有最动情的触点。所以我仍然喜欢在黄昏时漫步，喜欢看水中的落日，喜欢看风中的落叶，喜欢看雪中的山峦。我不惧怕苍老，因为我愿意青丝变成白发的时候，月光会与我的发丝相融为一体，让月光分不清它是月光呢还是白发，让我分不清生长在我头上的，是白发呢还是月光。

几天前的一个夜晚，我做了一个有关大雪的梦。我独自来到了一个白雪纷飞的地方，到处是房屋，但道路上一个行人也看不见。有的只是空中漫卷的雪花。雪花拍打我的脸，那么地凉爽，那么地滋润，那么地亲切。梦醒之时，窗外正是沉沉暗夜，我回忆起一年之中，不论什么季节，我都要做关于雪花的梦，哪怕窗外是一派鸟语花香。看来环绕着我的，注定是一个清凉而又忧伤、浪漫而又寒冷的世界。我心有所动，迫切地想在白纸上写下一行字。我伸手去开床头的灯，没有打亮它，想必夜晚时回电了；我便打开手机，借着它微弱的光亮，抓过一支笔，在一张打字纸上把那句最能表达我思想和情感的话写了出来，然后又回到床上，继续我的梦。

那句话是：我的世界下雪了。

是的，我的世界下雪了……

谁说春色不忧伤

在我的故乡，十月便入冬了。雪花是冬季的徽标，它一旦镶嵌在大地上，意味其强悍的统治开始了。虽说年分四季，但由于南北不同和季节差异，四季的长度是不相等的，有的春短，有的秋长。而我们那儿，最长的季节是冬天。它裹挟着寒风，一吹就是半年，把人吹得脸颊通红，口唇干裂，人们在呼号的风中得大声说话，不然对方听不清。东北人的大嗓门，就是寒风吹打的吧。你走在户外，男人的髭须和女人的刘海，都被它染白了，所以北国人在冬天，更接近童话世界的人，他们中谁没扮过白须神翁和白毛仙姑呢。

被寒流折磨久了、被炉火烤得力气弱了、被冬日单一蔬菜弄得食欲寡淡的人，谁不盼着春天呢？春天的到来是最铺张的，它的前奏和序幕拉得很长。三月中旬吧，就有它隐约的气息了。连续几个晴天后，正午时屋檐会传来滴答滴答的水声，那是春天的第一声呼吸，屋顶的积雪开始融化了。人们看见活生生的水滴，眼里泛着喜悦的光影。但别高兴得太早，春天伸了一下舌头，扮个鬼脸，就不见了。寒流的长鞭子又甩了出来，鞭打得人还不能脱下冬衣。人们眼巴巴地看着屋檐滴水时凝结的冰溜儿，就像望着脆弱的琴弦，不敢把动人的旋律弹奏。到了四月初，屋顶的积雪全然融化了，家家的白屋顶露出了本色，红瓦的现出热烈的红色，青瓦的现出深沉的钢青色，这时春天的脚步真的近了。雪花隐遁，天空由灰白变成淡蓝，太阳苍白的面庞有了暖色，河岸柳树泛红，林中向阳山坡的达子香花，羞答答地打骨朵了，人们饲养的家禽，开始在冬窝里频频伸展翅膀，想啄春天的第一口湿泥，做自己的口红，这时的春天怎么说呢，是到了婚日的盛装的新娘，呼之欲出了！

　　春天就是一个宝石库，那里绿翡翠最多。地上的草，林中的树，园田的菜圃，呈现着一派娇嫩的绿；山间原野的花儿，姹紫嫣红，争奇斗艳，蓝的如宝石，红的如玛瑙，白的如珍珠，金黄的如琥珀。这时窗缝的封条撕下来了，门上用于抵御寒风的棉毡也取下来了，人们换下棉衣棉裤，家禽们又可以寻觅园田肥美的虫子，作为它们的小点心了！到了五月，春天波涛汹涌地来了，所有的生命都荡漾在它明媚的波涛里！

　　但这样的春色，也许过于寻常，并没有烙印在我心灵深处。我对最美春色的记忆，居然与伤痛联系在一起。也就是说，有两个年份的春光，分别因身体和心灵的伤痛，而化为了化石，嵌在我骨头缝里，无法忘怀。

　　我在大兴安岭师专读二年级时，也就是三十四年前，春末时分，我突患牙痛。先是一颗牙起义，疼了起来，跟着它周边的牙呼应它。半口牙痛起来的感觉，你甚至想当自己的刽子手，砍下头颅。我还记得童年时一个杀猪的因为牙痛，要喝农药，他老婆喊邻人阻止丈夫愚蠢行为的情景。有过牙痛经历的人都知道，那种痛锥心刺骨，尤其是夜深它扰得你不能安眠时。记得我被牙痛连续折磨了两昼夜，一天凌晨，天还没亮，我实在忍耐不住，一个人悄悄穿衣起来，出了集体宿舍，走向校园西侧的原野。那天有雾，我张开嘴，希望雾气能像止痛散，发挥点作用。当我步出宿舍区，接近原野的时候，发现了一团黑乎乎的东西。走近一看，是台用于耕地的拖拉机！我想起白天时，曾望见它在原野上工作。拖拉机驾驶室的门，居然一拉就开了。我像发现了一个古堡，兴奋地跳上驾驶室。完全不懂驾驶技术的我，试图开动它。好像拖拉机的履带一转，我的病痛就会被碾碎似的。我不知哪里是油门刹车，双脚乱踏，手抚在方向盘上，振振有词地喊着前进前进，可拖拉机纹丝不动。但这丝毫没有减淡我的热情，我像对付一匹野马似的，执意要驯服它，一直和它战斗，直到雾气野鬼似的在日出中魂飞魄散，我才大汗淋漓地休战。太阳从背后升起来，照亮了我面前的原野。它的绿是那么的鲜润，就像一块刚压好的豆腐，只不过这是块巨大的翡翠豆腐！这片触目惊心的绿震撼了我，我跳下拖拉机。牙痛就在我奔向原野的时刻，突然止息了。病牙撤兵，整个身心都获得了解放。我感恩地看着春天的原野，想着它蛰伏一冬，冲出牢笼后出落得如此动人，可我从未细心打量过它，辜负如此春色，实在不该。

另一片记忆中的至美春色，是与二〇〇二年联系在一起的。那年五月三日，爱人在归乡途中车祸罹难，我赶回故乡奔丧。料理完丧事，回到塔河，正是新绿满枝的时候。姐姐见我很少出门，有一天领着孩子，拉着我去堤坝走走。太阳已经很暖了，可走在土路上，我却觉得脊背发凉。堤坝是我和爱人常去的地方，我们曾在河边打水漂，采野花，看两岸的山影、庄稼和牛羊。我走下堤坝，看到几棵嫩绿的柳蒿芽，随手采了，那是我和爱人喜欢吃的野菜，把它用开水焯了，蘸酱吃鲜美无比。我采了柳蒿芽，又看见了野花，白的，粉红的，淡蓝的，星星似的眨眼。我没有采花，因为以往采回的野花，会放到床头桌上，照亮两个人的梦境。想着爱人与这样的春色永别了，想着再无人为我采撷这大好春色，伴我入梦，我忍不住落泪了。"万木皆春色，唯我枝头泪"，这是我为《白雪乌鸦》里丧夫的女主人公写的一句内心独白，它其实也是我的内心独白。那天我怕姐姐看见我的泪，便朝茂密的柳树丛走去。泪眼中的春色飞旋起来，像一朵一朵的云，在人间与天堂之间绽放，那么迷离，那么凄美！四野寂静，我听见了自己的心跳声。我想一颗依然能感受春光的心，无论怎样悲伤，都不会使她的躯壳成为朽掉的木。爱情的春光抽身离去，让我成为无人点燃的残烛，可生命的春光，依然闪烁！

我最爱的词人辛弃疾，曾写过"春风不染白髭须"的名句。是啊，春风染绿了山，染红了花，染蓝了天，染白了云，可它不能把我们的白须白发染黑，不能让岁月之河倒流。但春风能染红唇，能让它像一朵永不凋零的花，吐露心语，在夜深时隔着时空，轻唤你曾爱过的人，问一声你还好吧？

春天是一点一点化开的

　　立春的那天，我在电视中看到，杭州西子湖畔的梅花开了。粉红的、雪白的梅花，在我眼里就是一颗颗爆竹，噼啪噼啪地引爆了春天。我想这时节的杭州，是不愁夜晚没有星星可看了，因为老天把最美的那条银河，送到人间天堂了。

　　而我这里，北纬五十度的地方，立春之时，却还是零下三十摄氏度的严寒。早晨，迎接我的是一夜寒流和冷月，凝结在玻璃窗上的霜花。想必霜花也知道节气变化了吧，这天的霜花不似往日的，总是树的形态。立春的霜花团团簇簇的，很有点花园的气象。你能从中看出喇叭形的百合花来，也能看出重瓣的玫瑰和单瓣的矢车菊来。不要以为这样的花儿，一定是银白色的，一旦太阳从山峦中升起来，印着霜花的玻璃窗，就像魔镜一样，散发出奇诡的光辉了。初升的太阳先是把一抹嫣红投给它，接着，嫣红变成橘黄，霜花仿佛被蜜浸透了，让人怀疑蜜蜂看上了这片霜花，把它们辛勤的酿造，洒向这里了。再后来，太阳升得高了，橘黄变成了鹅黄，霜花的颜色就一层层地淡下去、浅下去，成了雪白了，它们离凋零的时辰也就不远了。因为霜花的神经，最怕阳光温暖的触角了。

虽然季节的时针已指向春天了，可在北方，霜花却还像与主子有了感情的家奴似的，赶也赶不走。什么时候打发了它们，大地才会复苏。四月初，屋顶的积雪开始消融，屋檐在白昼滴水了，霜花终于熬不住了，撒脚走了。它这一去也不是不回头，逢到寒夜，它又来了。不过来得不是轰轰烈烈的，而是闪闪烁烁地隐现在窗子的边缘，看上去像是一树枝叶稀疏的梅。四月底，屋顶的雪化净了，林间的积雪也逐渐消融的时候，霜花才彻底丢了魂儿。

在大兴安岭，最早的春色出现在向阳山坡。嫩绿的草芽像绣花针一样顶破丰厚的腐殖土，要以它的妙手，给大地绣出生机时，背阴山坡往往还有残雪呢。这样的残雪，还妄想着做冬的巢穴。然而随着冰河乍裂，达子香花开了，背阴山坡也绿意盈盈了，残雪也就没脸再赖着了。山前山后，山左山右，是透着清香的树、烂漫的山花和飞起飞落的鸟儿。那蜿蜒在林间的一道道春水，被暖风吹拂得起了鱼苗似的波痕。投在水面的阳光，便也跟着起了波痕，好像阳光在水面打起蝴蝶结了。

　　我爱这迟来的春天。因为这样的春天不是依节气而来的，它是靠着自身顽强的拼争，逐渐摆脱冰雪的桎梏，曲曲折折地接近温暖，苦熬出来的。也就是说，极北的春天，是一点一点化开的。它从三月化到四月甚至五月，沉着果敢，心无旁骛，直到把冰与雪安葬到泥土深处，然后让它们的精魂，又化作自己根芽萌发的雨露。

　　春天在一点一点化开的过程中，一天天地羽翼丰满起来了。待它可以展翅高飞的时候，解冻后的大地，又怎能不做了春天的天空呢！

泥 泞

　　北方的初春是肮脏的，这肮脏当然缘自我们曾经热烈赞美过的纯洁无瑕的雪。在北方漫长的冬季里，寒冷催生了一场又一场的雪，它们自天庭伸开美丽的触角，纤柔地飘落到大地上，使整个北方沉沦于一个冰清玉洁的世界中。如果你在飞雪中行进在街头，看着枝条濡着雪绒的树，看着教堂屋顶的白雪，看着银色的无限延伸着的道路，你的内心便会洋溢着一股激情：为着那无与伦比的壮丽或者是苍凉。

　　然而春风来了。春风使积雪融化，它们在消融的过程中容颜苍老、憔悴，仿佛一个即将撒手人寰的老妇人。雪在这时候将它的两重性毫无保留地暴露出来：它的美丽依附于寒冷，因而它是一种静止的美、脆弱的美；当寒冷已经成为西天的落霞，和风丽日映照它们时，它的丑陋才无奈地呈现。

纯美至极的事物是没有的，因而我还是热爱雪。爱它的美丽、单纯，也爱它的脆弱和被迫的消失。当然，更热爱它们消融时给这大地制造的空前的泥泞。

小巷里泥水遍布；排水沟因为融雪后污水的加入而增大流量，哗哗地响；燕子在潮湿的空气里衔着湿泥在檐下筑巢；鸡、鸭、鹅、狗将它们游荡小巷的爪印带回主人家的小院，使院子里印满无数爪形的泥印子，宛如月下松树庞大的投影；老人在走路时不小心失了手杖，那手杖被拾起时就成了泥手杖；孩子在小巷奔跑嬉闹时不慎将嘴里含着的糖掉到泥水中了，他便失神地望着那泥水呜呜地哭，而窥视到这一幕的孩子的母亲却快意地笑起来……

这是我童年时常常经历的情景，它的背景是北方的一个小山村，时间当然是泥泞不堪的早春时光了。

我热爱这种浑然天成的泥泞。

泥泞常常使我联想到俄罗斯这个伟大的民族，罗蒙诺索夫、柴可夫斯基、陀思妥耶夫斯基、托尔斯泰、蒲宁、普希金就是踏着泥泞一步步朝我们走来的。俄罗斯的艺术洋溢着一股高贵、博大、阴郁、不屈不挠的精神气息，不能不说与这种春日的泥泞有关。泥泞诞生了跋涉者，它给忍辱负重者以光明和力量，给苦难者以和平和勇气。一个伟大的民族需要泥泞的磨砺和锻炼，它会使人的脊梁永远不弯，使人在艰难的跋涉中懂得土地的可爱、博大和不可丧失，懂得祖国之于人的真正含义。当我们爱脚下的泥泞时，说明我们已经拥抱了一种精神。

　　如今在北方的城市所感受到的泥泞已经不像童年时那么深重了。但是在融雪的时节，我走在农贸市场的土路上，仍然能遭遇那种久违的泥泞。泥泞中的废纸、草屑、烂菜叶、鱼的内脏等杂物若隐若现着，一股腐烂的气味扑入鼻腔。这感觉当然比不得在永远有绿地环绕的西子湖畔撑一把伞在烟雨蒙蒙中耽于幻想来得惬意，但它仍然能使我陷入另一种怀想，想起木轮车沉重地碾过它时所溅起的泥珠，想起北方的人民跋涉其中的艰难的背影，想起我们曾有过的苦难和屈辱，我为双脚仍然能触摸到它而感到欣慰。

　　我们不会永远回头重温历史，我们也不会刻意制造一种泥泞让它出现在未来的道路上，但是，当我们在被细雨洗刷过的青石板路上走倦时，当我们面对着无边的落叶茫然不知所措时，当我们的笔面对白纸不再有激情而苍白无力时，我们是否渴望着在泥泞中跋涉一回呢？为此我们真应该感谢雪，它诞生了寂静、单纯、一览无余的美，也诞生了肮脏、使人警醒给人力量的泥泞。因而它是举世无双的。

北方的盐

盐那雪白的颜色常使我联想到雪。在北方，盐与雪正如雷与电，它们的美是裹挟在一起呈现的。

盐与雪来历不同。雪从天上来，而盐来自地下。雪的成因与低沉的云气有关，而盐的提取有两种途径，其一是多年矿物质的沉积，其二便是海水的凝结。不论它们来自天上还是人间，其形成都有一个浪漫的过程。云与海水作为雪与盐的载体，其氤氲与浩渺的气质总令人浮想联翩，谁能想到缥缈的云会幻化出那么轻盈、美丽、灿烂的雪花？谁能想到奔涌的海水会萃取出结晶的、闪着宝石一样光泽的盐粒？

是北方的寒冷引得雪花翩跹起舞，还是姿态袅娜的雪的降临赋予了北方以寒冷？反正在北方，寒冷与雪花是一对孪生姐妹，它们总是结伴而来，形影不离。尤其在北方之北方，也就是我的故乡北极村——那个夏至时可以看到白夜的地方，每年的九月底就进入冬季了，雪花会与还没有享受够暖阳的我们不期而遇。初始的雪似乎还不大敢肯定这就是它们的落脚之地，所以雪下得很斯文，有点小心翼翼的味道。一旦它们发现这片寒冷的土地使它们毫发无损，且能保持其明艳的肤色时，它们就一改矜持的姿态，纷纷扬扬地腾空而下，把大地染得一片洁白、一片苍茫。

雪来了，天气越来越冷了。这时的北方大地寸草不生，看不到一抹绿色，所有的植物都成了寒冬的战利品，被彻底地俘虏了，无声无息。我童年记忆中的北方人的餐桌上，是看不到新鲜的绿色菜蔬的。不似现在，由于运输的畅通和市场经济的发达，数九天气也能吃到来自南国的蔬菜。

盐在漫漫寒冬中披着它银色的铠甲在北方闪亮登场了。它其实在秋天就亮着它的白牙向北方女人微笑了。秋季是北方人腌菜的时节。家庭主妇们把还新鲜的豆角、辣椒、芹菜、黄瓜、萝卜、芥菜等塞进形形色色的缸里，撒上一层又一层的盐，做成咸菜，以备冬季食用。北方人爱吃的、一直以来被大张旗鼓腌制的酸菜，更是缺少不了盐。盐被白花花地撒向缸里的时候，会发出簌簌的声响，好像盐在唱歌。在秋天，山间的蘑菇也露出毛茸茸的头了，蘑菇除了晒干外，还可以用盐腌渍在坛子里存储起来，冬天时用清水漂出它的盐分，吃起来味道仍是鲜美的。所以盐在秋季是撒向北方土地的最早的雪，它融化了，融化在菜蔬最后的清香中。如果你问一个北方人，你们的灶房里什么物件最多？我猜十有八九的人都会冲口而出：咸菜缸！的确，腌酸菜的大缸，腌萝卜和芥菜的中等型号的缸以及腌糖蒜和韭菜花的坛子，等等，就像乐池上摆放着的形形色色的乐器一样，你一进灶房，它们就会扑入你的视野，并且在你不小心碰撞了它们的时候，为你奏出或沉郁或清脆的乐声。

　　咸菜是北方人餐桌上的"正宫娘娘"，在寒风呼啸的日子里占据着统治地位，因而北方人也较其他地区的人摄盐量大，形成了口重的习惯，似乎不多加盐的食物都是寡淡无味的。北方人对盐有种近乎崇拜的心理，认为它是力量的化身，所以民间流传着吃盐长力气的说法。那些靠力气而生活的伐木工及家庭主妇，对盐的青睐可想而知了。记得童年时看电影《白毛女》，看到白毛女在山洞里因为多年吃不到盐，而过早地白了少年头的时候，盐在我心目中还具有乌发的作用，这印象一直延续至今，根深蒂固。现代膳食讲究低盐少糖，这与北方人对盐的巨大热情是背道而驰的。北方心脑血管的发病率远远高于江南，其气候的寒冷与摄盐过量无疑是两大元凶。尽管如此，北方人对盐仍然像对老朋友一样紧紧相拥，人们并未将它当敌人一样警惕着，虽然冬季可以从副食商场购得新鲜蔬菜，紫白红黄地点缀着餐桌，但在餐桌的一角，总会有几碟颜色黯淡的酱菜与之唱和着，有如一部歌剧在结尾时撒下的袅袅余音，它们呈现着旧时阳光的那种温暖与美好，令人回味。

当我们吃着腌制的酱菜望着窗外的雪花，听着时光流逝的声音时，浓云会在深冬的空中翻卷，海水会在遥远的天际涌流。而当我们为着北方的冻土上所发生的那些故事无限感怀时，泪水便会悄然浮出眼眶。泪水一定来自大海，不然它为什么总是咸的？

因为有了寒冷，有了对寒冷尽头的温暖的永恒的渴望，有了对盐那如同情人般的缠绵和依恋，我想北方人的泪水会比南方人的泪水更咸。

云淡好还乡

屋顶的霜几乎是与泛黄的叶片同时出现的，所以很难说它们哪一个更能预示秋天的到来。园田经过收获的洗礼已变得一片荒芜，蝴蝶无奈地蜕化和死亡，美丽的翅膀已成为其他虫子弥留之际的尸衣。盛夏时节曾喧嚣不已的河水已平静如一个受孕的女人。家禽不再喜欢东游西逛，温暖的窝使它们变得格外懒惰。

屋顶的霜在凌晨时是银色的。而太阳出来后它们则是奶色的。阳光只需触摸它们一小时左右，这霜就会消失，幻化成水珠一滴滴地由屋檐垂下。有时恰好人从屋里出来，一滴水就滑进颈窝，这个人必定一缩肩膀，嗔怪一声："没长眼睛的。"水珠当然也长着眼睛，它只不过喜欢恶作剧罢了。有时一条狗闻到灶房的香味往屋里钻，水珠也滴答地落到它身上，狗便抖抖身子，企图拂掉水珠，殊不知它早已渗入它的毛发中了。

男人们开始收拾菜窖，然后将白菜、土豆、萝卜等越冬蔬菜储藏起来。女人们忙得不可开交：腌酸菜、糊窗缝、翻新棉衣。最幸福的要数小孩子了，他们欢快地在户外的秋风中跑来跑去，却还要时不时地嚷嚷："真要来冬天了，手都冻麻了。"好像他们的手若不被冻麻，冬天就会远离塞外似的。

大兴安岭的秋天就这么有声有色地展开了画卷。别看居民区一派萧瑟，但有一处却极为绚丽，那就是房屋的土墙。一把把菜籽呈伞状垂吊着，已被晒成褐色的蘑菇干散发出一股菌类植物特有的气味。火红的辣椒串和雪白的大蒜辫子像一对相依相偎的恋人，相互盘绕在一起，难解难分。阳光照着那土墙，那色彩就浓烈得仿佛要横溢而出。红的要伸出舌头，紫的要流出汁液，黄的要弄疼谁的眼睛，白的想变成一团呵气去逗弄你的耳朵。

森林的色彩就更加丰富了。落到地上的树叶有褐黄、金黄和浅黄的，也有猩红、浅红和半青半红的。半青半红的叶子多半是被狂风劫掠而下。白桦树的叶子在阳光下仿佛是一树金币，铃铃作响。而肥硕的柞树叶子则整齐地变为红色。至于修长的落叶松，它的针叶像歌声一样在风中洋洋洒洒地舞动，每一根都是一个灿烂的音符。

　　呈"人"字形南飞的大雁优雅地告别一座座山村。极淡极淡的云在蓝天下漂泊着，无声无息。这时候任何一种声音都会传得很远，因为大地沉寂，天空澄碧。

　　男人们把蔬菜下到窖里后，就该将农具一一拾起，归置到仓房里，待到明年开春再用。接下来他们要检查一下房屋的泥坯是否因为夏日淫雨的侵蚀而有大面积脱落的地方，然后和上黄泥修补一下。当然还要用瓦刀从火墙敲下一块砖来，掏掏里面的灰，不然一个冬天火炉会吞吃大量的柴火，灰越积越厚，有时将使烟道不畅。火炉倒烟的滋味可不好受，一家老少在浓烟中咳嗽着，外面寒风嘶鸣，又不能轻易打开门来放烟。所以准备工作要事先做好。当这一切都井井有条之后，有心情的男人就要编鸟笼子，预备大雪封山时去捕鸟。喜欢打猎的则用细铁丝编兔子套和狍子套，猎枪自然也要好好擦一擦了。擦猎枪的时候他们也许会哼上一支歌，歌声时断时续，如萤火虫一明一灭。

　　秋天自顾绚烂着、凋零着。当天空晴得几乎存不住一丝云彩时，河水仿佛是不流动了。薄冰开始出现，屋顶的白霜只到正午时分才稍稍融化一些。菜园中的虫子全部销声匿迹，年纪大的人及时穿上了冬衣，到户外走动的人也越来越少了。这时候的白桦树已经全部脱落了一树金黄色的叶片，仿佛由富人沦落为乞丐。猩红的柞树叶子也收缩成褐色，完全失去了水分。如果一阵狂风席卷而来，林地的落叶就满天飞舞，不知所措地旋转着。

大雁南飞，蝴蝶和蜻蜓也入了泥土。女人们忙完了一个秋天的活，就捶着酸痛的背，失神地望着天空中薄薄的云彩，想着该回老家看一看。想着出嫁那天离开娘家时的情景。有时就想出了泪，可又舍不得轻易动用柜子里的积蓄。于是晚上就常在梦里见到过去的炊烟、房舍、亲戚。想着世界不这么大该有多好，生活中没有这么多条漫长的路该有多好。这时候她们最渴望获得男人们温存的体贴。而男人的呼噜总是无忧无虑地起伏着，女人就仿佛听见潮水翻涌，自己则像孤舟在波峰浪谷中颠簸着。

天高云淡的时节似乎所有的生物都在怀乡。花草凋零除了说明它们对季节的不适应外，还隐喻着它们的生命渴望转换成另外一种状态，一种逍遥的休息状态。虽然说冬天的漫漫大雪掩盖了它们的声音和形象，可第二年的春天它们又会复苏，生机像深潭下的水草一样疯狂地弥漫。虫子依然活泼地在田间蠕动，蜻蜓的翅膀依然在明媚的阳光下闪烁，各色花卉将馨香畅快地吐露出来，只不过并蒂的花可能变成了三朵或者四朵，花瓣也由单层变为二重或三重。带着一种还乡后的温足和平静，它们望着天上变幻莫测的云时就有一种亲切感，因为淡淡的云缥缈地出现时，它们又会还乡。它们因此而变得永远年轻。

那些幻想着还乡的女人呢？她们的鬓发渐渐变白，手指粗糙不堪，望着日月的清辉时会不由自主地花眼。她们的膝下已有了孙子孙女。柜子里的积蓄还是过去的样子，她们已经舍得花钱还乡，却力不从心了。何况那故乡的双亲早已故去，兄弟姐妹也到了夕阳般的年龄，她们去了又能寻到什么？然而每逢天高云淡的时候，她们仍然一如既往地做着还乡的梦。

会唱歌的火炉

　　我的少年时代是在大兴安岭度过的。那里一进入九月，大地的绿色植物就枯萎了，雪花会袅袅飘向山林河流，漫长的冬天缓缓地拉开了帷幕。

　　冬天一到，火炉就被点燃了，它就像冬夜的守护神一样，每天都要眨着眼睛释放温暖，一直到次年的五月，春天姗姗来临时，火炉才能熄灭。

　　火炉是要吞吃柴火的，所以，一到寒假，我们就得跟着大人上山拉柴火。

　　拉柴火的工具主要有两种：手推车和爬犁。手推车是橡胶轮子的，体积大，既能走土路装载又多，所以大多的人家都使用它。爬犁呢，它是靠滑雪板行进的，所以只有在雪路上它才能畅快地走，一遇土路，它的腿脚就不灵便了，而且它装载少，走得慢，所以用它的人很零星。

我家的手推车买的是二手货，有些破旧，看上去就像一个辛劳过度的人，满面疲惫的样子。它的车胎常常慢撒气，所以我们拉柴火时，就得带着一个气管子，给它打气。否则你装了满满一车柴火要回家时，它却像一个饿瘪了肚子的人蹲在地上，无精打采的，你又怎么能指望它帮你把柴火运出山呢！

我们家拉柴火，都是由父亲带领着的。姐姐是个干活实在的孩子，所以父亲每次都要带着她。弟弟呢，那时虽然他也就是八九岁的光景，但父亲为了让他养成爱劳动的习惯，时不时也把他带着。他穿得厚厚的跟着，看上去就像一头小熊。我们通常是吃过早饭就出发，我们姐弟三人推着空车上山，父亲抽着烟跟在我们身后。冬日的阳光映照到雪地上，格外地刺眼，我常常被晃得睁不开眼睛。父亲生性乐观，很风趣，他常在雪路上唱歌、打口哨。他的歌声有时会把树上的鸟给惊飞了。我们拉的柴火，基本上是那些风吹倒的树木，它们已经半干了，没有利用价值，最适宜作烧柴。那些生长着的鲜树，比如落叶松、白桦、樟子松是绝对不能砍伐的，可伐的树，我记得有枝丫纵横的柞树和青色的水冬瓜树。父亲是个爱树的人，他从来不伐鲜树，所以拉烧柴，我们家是镇上最本分的人家。为了这，我们就比别人家拉烧柴要费劲些，回来得也会晚。因为风倒木是有限的，它们被积雪覆盖着，很难被发现。我最乐意做的，就是在深山里寻找风倒木。往往是寻着寻着，听见啄木鸟笃笃地在吃树缝中的虫子，我就会停下来看啄木鸟；而要是看见了一只白兔奔跑而过，我又会停下来看它留下的足迹。由于玩的心思占了上风，所以我找到倒木的机会并不多。往往在我游山逛景的时候，父亲的喊声会传来，他吆喝我过去，说是找到了柴火，我就循着锯声走过去。父亲用锯把倒木锯成几截，粗的由他扛出去，细的由我和姐姐扛出去。把倒木扛到放置手推车的路上，总要有一段距离。有的时候我扛累了，支持不住了，就一耸肩把倒木丢在地上，对父亲大声抗议："我扛不动！"那语气带着几分委屈。姐姐呢，即使那倒木把她压得抬不起头来，走得直摇晃，她也咬牙坚持着把它运到路面上。所以成年以后，她常抱怨说，她之所以个子矮，完全是因为小的时候扛木头给压的。言下之意，我比她长得高，是由于偷懒的缘故。为此，有时我会觉得愧疚。

冬天的时候，零下三四十摄氏度的气温是司空见惯的。在山里待的时间久了，我和弟弟都觉得手脚发凉。父亲就会划拉一堆枝丫，为我们拢一堆火。洁白的雪地上，跳跃着一簇橘黄的火焰，那画面格外地美。我和弟弟就凑上去烤火。因为有了这团火，我和弟弟开始用棉花包裹着几个土豆藏到怀里，带到山里来，待父亲点起火后，我们就悄悄把土豆放到火中，当火熄灭后，土豆也熟了，我们就站在寒风中吃热腾腾、香喷喷的土豆。后来父亲发现了我们带土豆，他没有责备我们，反而鼓励我们多带几个，他也跟着一起吃。所以，一到了山里，烧柴还没扛出一根呢，我就嚷着冷，让父亲给我们点火。父亲常常嗔怪我，说我是只又懒又馋的猫。

天越冷，火炉吞吃的柴火就越多。我常想火炉的肚子可真大，老也填不饱它。渐渐地，我厌烦去山里了，因为每天即使没干多少活，可是往返走上十几里雪路，回来后腿脚也酸痛了。我盼着自己的脚生冻疮，那样就可以理直气壮地留在家里了。可我知道生冻疮的滋味很不好受，于是只好天天跟着父亲去山里。

现在想来，我十分感激父亲，他让我在少年时期能与大自然有那么亲密的接触，让冬日的那种苍茫和壮美注入了我幼小的心田，滋润着我。每当我从山里回来，听着柴火在火炉中噼啪噼啪地燃烧，都会有一股莫名的感动。我觉得柴火燃烧的声音就是歌声，火炉它会唱歌。火炉在漫长的冬季中就是一个有着金嗓子的歌手，它天天歌唱，不知疲倦。它的歌声使我懂得生活的艰辛和朴素，懂得劳动的快乐，懂得温暖的获得是有代价的。所以，我成年以后回忆少年时代的生活，火炉的影子就会悄然浮现。虽然现在我已经脱离了与火炉相伴的生活，但我不会忘记它，不会忘记它的歌声。它那温柔而富有激情的歌声，在我心中永远不会消逝。

寒冷也是一种温暖

年是新的，也是旧的。因为不管多么生气勃勃的日子，你过着的时候，它就在不经意间成了老日子了。

在北方，一年的开始和结束都是在寒冷时刻，让人觉得新年是打着响亮的喷嚏登场的，又是带着受了风寒的咳嗽声离去的。但在这喷嚏和咳嗽声之间，还是夹杂着春风温柔的吟唱，夹杂着夏雨滋润万物的淅沥之音和秋日田野上农人们收获的笑声。沾染了这样气韵的北方人的日子，定然是有阴霾也有阳光，有辛酸也有快乐。

我每年的日子，大抵是在写作和旅行中度过的。

六月，我去了梦想的国度——俄罗斯。这十几天的旅行对我的震撼很大，我记得午夜时分涅瓦河上的灿烂落日，记得红场上不熄的火炬，记得莫斯科特列季亚科夫美术馆那些深沉静美的大师画作，记得贝加尔湖上的清风和俄罗斯草原上的金黄色的雏菊。这些画面如今回忆起来，仍然让我心旌摇荡。

故乡是我每年必须要住一段时日的地方。在那里，生活因寂静、单纯而显得格外地有韵致。八月，我回到那里。每天早晨，我做的第一件事就是拉开窗帘，打开窗，看青山，呼吸着从山野间吹拂来的清新空气。吃过早饭，我一边喝茶一边写作，或者看书。累了的时候，随便靠在哪里都可以打个盹，养养神。大约是心里松弛的缘故吧，我在故乡很少失眠。每日黄昏，我会准时去妈妈那里吃晚饭。我怕狗，而小城街上游荡着的威猛的狗很多，所以我走在路上的时候，手中往往要攥块石头。妈妈知道我怕狗，常常在这个时刻来接我回家。家中的菜园到了这时节就是一个蔬菜超市，生有妖娆花纹的油豆角、水晶一样透明的鸡心柿子、紫莹莹的茄子、油绿的芹菜、细嫩的西葫芦、泛着蜡一样光泽的尖椒，全都到了成熟期。不过这些绿色蔬菜只是晚餐桌上的配角，主角呢，是农人们自己宰杀的猪，是刚从河里打捞上来的野生的鱼类。这样的晚餐，又怎能不让人对生活顿生感念之情呢？吃过晚饭，天快黑了，我也许会在花圃上剪上几枝花：粉色的地瓜花、金黄色的步步高或是白色的扫帚梅，带回我的居室，把它们插入瓶中，摆在书桌上。夜深了，我进入了梦乡，可来自家园的鲜花却亮堂地怒放着，仿佛想把黑夜照亮。

如果不是因为十月份要赴港，我一定要在故乡住到飞雪来临时。

我去过香港两次，但唯有这次时间最长，整整一个月。浸会大学邀请了来自美国、尼日利亚、爱尔兰、新西兰、肯尼亚等国家和中国台湾地区的八位作家，聚集香港，进行文学交流和写作，这一期的主题是"大自然和写作"。为了配合这个主题，浸会大学组织了一些亲近大自然的活动，如去西贡西湾爬山，去大屿山的小岛看渔民的生活，去凤凰山以及湿地公园等。香港的十月仍然炽热，阳光把我的皮肤晒得黝黑。运动是惹人上瘾的，逢到没有活动的日子，我便穿着一身运动装出门了。去海边，去钻石山的禅院等。有一天下午，我外出归来，乘地铁在乐富站下车后，觉得浑身酸软，困倦难当，于是就到地铁站对面的联合道公园睡觉去了。别看街上车水马龙的，公园里游人极少。我躺在回廊的长椅上，枕着旅行包，听着鸟鸣，闻着花香，睡着了。等我醒来的时候，太阳已经向西了，我听见有人在喊"迟——迟——"原来是爱尔兰女诗人希斯金，她正坐在与我相邻的椅子上看书呢。我有些不好意思，因为在国外，蜷在公园长椅上睡觉的，基本都是乞丐。

在香港，我每天晚上跟妈妈通个电话。她一跟我说故乡下雪的时候，我就向她炫耀香港的扶桑、杜鹃开得多么鲜艳，树多么地绿，等等。但时间久了，尤其是进入十一月份之后，我忽然对香港的绿感到疲乏了，那不凋的绿看上去是那么苍凉、陈旧！我想念雪花，想念寒冷了。有一天参加一个座谈，当被问起对香港的印象时，我说我可怜这里的"绿"，我喜欢故乡四季分明的气候，想念寒冷。他们一定在想：寒冷有什么好想念的？而他们又怎能知道，寒冷也是一种温暖啊！

十一月上旬，我从香港赴京参加作代会，会后返回哈尔滨。当我终于迎来了对我而言的第一场雪时，兴奋极了。我下楼，在飞雪中走了一个小时。能够回到冬天，回到寒冷中，真好。

年底，我收到了一份沉甸甸的礼物，是艾芜先生的儿子汤继湘先生和儿媳王莎女士为我签名寄来的艾芜先生的两本书《南行记》和《艾芜选集》，他们知道我喜欢先生的书，特意在书的扉页盖了一枚艾芜先生未出名时的"汤道耕印"的木头印章。这枚小小的印章，像一扇落满晚霞的窗，看上去是那么的灿烂。王莎女士说，新近出版的艾芜先生的两本书，他们都没有要稿费，只是委托新华书店发行，这让我感慨万千。在我们这个时代，那些垃圾一样的作品，通过炒作等手段，可以获得极大的发行量，而艾芜先生这样具有深厚文学品质的大家作品，却遭到冷落。这真是个让人心凉的时代！不过，只要艾芜先生的作品存在，哪怕它处于"寒冷"

一隅，也让人觉得亲切。这样的"寒冷"，又怎能不是一种温暖呢！

雪山的长夜

午夜失眠，索性起床望窗外的风景。

以往赏夜景，都不是在冬季。春夜，我曾望过被月光朗照得荧光闪闪的春水；夏夜，我望过一叠又一叠的青山在暗夜中呈现的黝蓝的剪影；秋夜，曾见过河岸的柳树在月光中被风吹得狂舞的姿态。只有冬季，我记不起在夜晚看过风景。也难怪，春夏秋三季，窗户能够打开，所以春夜望春水时，能听见鸟的鸣叫；夏夜看青山的剪影时，能闻到堤坝下盛开的野花的芳香；秋夜看风中的柳树时，发丝能直接感受到月光的爱抚，那月光仿佛要做我的一绺头发，从我的头顶倾泻而下，柔顺光亮极了。而到了寒风刺骨的冬季，窗口就像哑巴一样暮气沉沉地紧闭着嘴，窗外除了低沉的云气和白茫茫的雪之外，似乎就再没什么可看的了。

　　然而在这个失眠的故乡的冬夜，我却于不经意间领略到了冬夜的那种孤寂之美。

　　站在窗前，最先让我吃惊的是那三座雪山。原以为不到月圆的日子，雪山会隐去真形，谁知它们在半残的月亮下，轮廓竟然如此分明，我甚至能看清山脊上那一道一道的雪痕！

　　那三座雪山，一座向东，另两座向南。在东向和南向的雪山之间，有一道很宽的缝隙，那就是呼玛河。我在春夜所观赏过的春水，就是它泛出的波光。冬夜里，河流被冰雪覆盖着，它看上去就像遗弃在山间的一条手杖。这巨大的手杖白亮而光滑，想必是天上的巨人所用之物。夜晚的雪山不像白日那么浑厚，它仿佛是瘦了一壳，清隽秀丽，因而显得高了许多。仿佛黑夜用一把无形的大剪刀，把雪山彻底修剪了一番，使它看上去神清气朗，英姿勃勃。

　　这三座曾十分熟悉的雪山，让我格外地惊诧。它们仿佛三只从天上走来的白象，安然凝望着北国的山林雪野和人间灯火。小城灯火阑珊，山脚下倒是有两簇灯火，一簇在南侧，一簇在东侧。这两簇灯火异常地灿烂华美，让我觉得它们是这白象般的雪山脚下挂着的金色铃铛，只要雪山轻轻一动，它们就会发出清脆的响声。

　　我久久地望着那两簇灯火。每日午后，我都要在山下的小路上散步。小城人没有散步的习惯，所以路上通常是我一人。一个人走在雪路上，是多么渴望雪山能够张开它宽阔的胸怀，拥我入怀啊。有一日我曾在河滩碰到几个挖沙的人，想必东侧的灯火是挖沙人的居所。而南侧的雪山并没有房屋，那儿的灯火是谁的呢？也许是打鱼人的？呼玛河中有味美的鲇鱼和花翅子，一些打鱼人就在河面凿了一口口冰眼下网捕鱼。看着这一派寒冷和苍凉的景象，谁能想到坚冰之下，仍有美丽柔软的鱼在自由地畅游呢！当我一厢情愿地认定那簇灯火是打鱼人的之后，我就幻想打鱼人起网的情景。那一条条美丽的出水芙蓉般的鱼跃出水面，看到这个暗夜中的冰雪世界，是不是会伤心泪垂？

雪山东侧的那簇灯火先自消失了。是凌晨一时许了，想必挖沙人已停止了夜战，歇息去了。而南侧的那簇灯火仍如白莲一样盛开着。我盯着那灯火，就像注视着挚爱的人的眼睛一样。

以往归乡，我在小路上散步总是有爱人陪伴。夏季时，我走着走着就要停下脚步，不是发现野果子了，就是被姹紫嫣红的野花给吸引住了。我采了野果，会立刻丢进嘴里。爱人笑我是个"野丫头"。有时蚊子闹得凶狂，我就顺手在路边折一根柳枝，用它驱赶蚊子。而折柳枝时，手指会弥漫上柳枝碧绿而清香的汁液。那时我觉得所有的风景都是那么优美、恬静，给人一种甜蜜、温馨的感觉。可自从爱人因车祸而永久地离开了我，我再望风景时，那种温暖和诗意的感觉已荡然无存。当我孤独一人走在小路上时，我是多么想问一问故乡的路啊：你为什么不动声色地化成了一条绳索，在我毫无知觉的时候扼住了他的咽喉？你为什么在我感觉最幸福的时候化成了一支毒箭，射中了我爱的那颗年轻的心？青山不语，河水亦无言，大自然容颜依旧，只是我的心已苍凉如秋水。以往我是多么贪恋于窗外的好山好水，可我现在似乎连看风景的勇气都没有了。

我很庆幸在这个失眠的冬夜里，我又能坦然面对窗外的风景。凌晨两点多，南侧雪山的灯火也消失了。三座雪山没有因为灯火的离去而黯淡，相反，它们在星光下显得更加地挺拔和有光华。当你的眼睛适应了真正的黑暗后，你会发现黑暗本身也是一种明亮。仰望天上的星星，我觉得它们当中的哪一颗都可以做我身旁的一盏永久的神灯。而先前还如花一样盛开的人间灯火，它们就像我爱人的那双眼睛一样，会在我为之无限陶醉时，不说告别，就抽身离去。

雪山沐浴着灿烂的星光，焕发出一种孤寂之美。那隐隐发亮的一道道雪痕，就像它浅浅的笑影一样，温存可爱。凌晨四时许，星光稀疏了，而天却因为黎明将至呈现着一股深蓝的色调，雪山显得越发的壮美了。我想我在望雪山的时候，它也在望我。我望雪山，能感受到它非凡的气势和独特的美；而它望我的房屋，是否只是一头牛的影子？而我只是落在这牛身上的一只飞蝇？

　　我还记得一九九八年河水暴涨之时，每至黄昏，河岸都有浓浓的晚雾生成。有一天我站在窗前，望见爱人从小路上归家。他的身后是起伏的白雾，而他就像雾中的一棵柳树。那一瞬间，我有一股莫名的恐慌感，觉得这幻影一样的雾似乎把爱人也虚幻化了，他在雾中仿佛已不存在。现在想来，死亡就像上帝洒向人间的迷雾，它说来就来，说去就去。它能劫走爱人的身影，但它奈何不了这巍峨的雪山。有雪山在，我的目光仍然有可注视的地方，我的灵魂也依然有可依托的地方。

　　我感谢这个失眠的长夜，它又给予了我看风景的勇气。凌晨的天空有如盛筵已散，星星悄然隐去了，天空只有一星一月遥遥相伴。那月半残着，但它姿态袅娜，就像跃出水面的一条金鱼。而那颗明亮的启明星，是上帝摆在我们头顶的黑夜尽头的最后一盏灯。即使它最后熄灭了，也是熄灭在光明中。

美景，总在半梦半醒之间

太阳是不大懂得养生的，只要它出来，永远圆着脸，没心没肺地笑。它笑得适度时，花儿开得繁盛，庄稼长势喜人，人们是不厌弃它的；而有的时候它热情过分了，弄得天下大旱，农人们就会嫌它不体恤人，加它身上几声骂。看来过于光明了，也是不好。月亮呢，它修行有道，该圆满时圆满着，该亏的时候则亏。它的圆满，总是由大亏小亏换来的。所以亏并不一定是坏事，它往往是为着灿烂时刻而养精蓄锐。

在故乡的夜晚，一本书，一杯自制的五味子果汁，就会给我带来踏实的睡眠。可是到了月圆的日子，情况就大不一样。穿窗而过的月光，会拿出主子的做派，进了屋后，招呼也不打，赤条条地，仰面躺在我身旁空下来的那个位置上。

它躺得并不安分，跳动着，闪烁着，一会儿伸出手抚抚我的睫毛，将几缕月光送入我的眼底；一会儿又揉揉我的鼻子，将月华的芳菲再送进来。被月光这样撩拨着，我只能睡睡醒醒了。

月光和月光是不一样的。春天的月光，似乎也带着股绿意，有一种说不出的嫩；夏日的月光呢，饱满，丰腴，好像你抓上一把，它就能在指尖凝结成膏脂；秋天的月光，一派洗尽铅华的气质，安详恬淡，如古琴的琴音，悠远，清寂；冬天的月光虽然薄而白，但它落到雪地后，情形就不一样了，雪地上的月光新鲜明媚得像刚印刷出来的年画。所以冬日赏月，要立在窗前。看着月光停泊在雪地后焕发出的奇异光芒，你会想，原来雪和月光，是这世上最好的神仙眷侣啊。相比较，冬春之交的月光，就没什么特别动人之处了。雪将化未化，草将出未出，此时的月光，也给人犹疑之感，瑟瑟缩缩的。

今年四月十日，是满月的日子，又是周末，故乡的亲人们聚在一起，做了几道风味独特的菜，大家快活地喝酒聊天。晚饭后，我回到自己的住处时，月亮已经升起来了。微醺的缘故，未及望月，我就熄灯睡了。大约凌晨三点钟的样子吧，我被渴醒了。床畔的小书桌上，通常放着一杯白开水。室内似明非明，我起身取水杯的时候，发现杯壁上晃动着迎春枝条般的鹅黄光影。心想月光大约太喜欢玻璃杯了，在它身上作起了画。喝过那杯被月光点化过的水，无比畅快。回床的一瞬，我有意无意地望了一下窗外，立时被眼前的情景镇住了：天哪，月亮怎么掉到树丛中了？我见过的明月，不是东升时蓬勃跳跃在山顶上的，就是夜半时高高吊在中天的，我还从没见过栖息在林中的月亮。那团月亮也许因为走了一夜，被磨蚀得不那么明亮了，看上去毛茸茸的，更像一盏挂在树梢的灯。那些还未发芽的树，原本一派萧瑟之气，可是披在林间的月亮，把它们映照得流光溢彩，好像树木一夜之间回春了。

看过了这样的月亮，我再回到床上时，又怎能不被美给惊着呢！虽然我接着睡了，可是往往眯上二三十分钟的样子，又惦记着什么似的，醒来了。只要睁开眼，蒙眬中会望一眼窗外——啊，月亮还在林间，只不过更低了些。再睡，再醒来，再望，也不知循环往复了多少次，月亮终于沉在林地上，由灯的形态，变幻成篝火了。这是那一夜的月亮，留给我的最后印象。

第二天彻底醒过来时，天已大亮。窗外的山，哪还有满月时的胜景。消尽了白雪而又没有返青的树，看上去是那么的单调。虽然寻不见月亮的踪迹，但我知道它因为昨夜那一场热烈的燃烧，留下了缺口，不知去哪儿疗伤去了。因为它燃烧得太忘我了，动了元气，所以不管怎么调理，此后的半个月，它将一点点地亏下去。待它枯槁成弯弯的月牙儿，才会真正复苏，把亏的地方，再一点点地盈满。它圆满后，不会因为一次次地亏过，就不燃烧了。因为月亮懂得，没有燃烧，就不会有灰烬；而灰烬，是生命必不可少的养料。

我怎么能想到，在印象中最不好的赏月时节，却看见了上天把月亮抛在凡尘的情景呢。在那个时刻，那团月亮无疑成了千家万户共同拥有的一盏灯。假使我彻头彻尾醒着，这样的风景即使入了眼，也不会摄人心魄。正因为我所看到的一切在黎明与黑夜之间，在半梦半醒之间，那团月亮，才美得夺目。

白雪红灯的年

除夕的清晨，我被零星的爆竹声扰醒。撩开窗帘，见山色清幽，太阳还没出来，于是又钻回被窝，睡到八点多。再次被接二连三的爆竹声唤醒时，霞光已经把兴安岭的一道道雪线映红了。看来老天也知道过年了，特意让霞光化作春联，贴在山间。想必老天贴的春联，是用云彩做的砚台，用银河之水做的墨汁，用彩虹做的笔管，所以这不凡的春联看上去明丽脱俗，充满了朝气。

吃过早饭，我也给家门贴上春联和"福"字。那副烫金的大红春联，看上去就像两行飞向天空的金丝雀，给人喜气洋洋的感觉。而门中央的"福"字，真的像丁亥年的一头小金猪，肥嘟嘟的，讨人喜欢。

我喜欢大自然的红色，如朝霞晚霞，玫瑰百合。可对针织品的红色，我热爱不起来。我不喜欢红色的床盖、窗帘和衣服，见了它们，眼睛会疼。前年春节回家，妈妈给我的卧室挂上了一幅红地黄花的新窗帘，我感觉窗前就像飘着两朵乌云，说不出的压抑。结果，当夜就把米色的窗帘换回去，这才心臆舒畅，安然入梦。二十五岁前，我还穿过几件红衣，戴过红帽子。可是近二十年来，红色的衣服在我的衣橱中几乎绝迹了。我钟爱黑白、灰色和咖啡色。每年除夕，家人大红大紫地装扮自己的时候，我依然素衣素服，最多穿上一双红袜子。结婚的时候，我打了一件红色毛线开衫，可婚礼一过，就把它压在箱底了。我的一个朋友，说我命运的变故与爱穿黑白色的衣服有关，这说法着实把我吓着了。如果那样的衣服真的是生活的下下签，我为什么要屡屡抽它们呢？于是，我尝试着改变颜色，将眼界放在水粉和橘黄上。可对于红色，我还是有些犹疑和畏惧。就连我妈妈和姐姐看我穿了红衣服后，也会摇着头说，不好看，不好看！

　　二○○七年元旦过后，我逛商场的时候，看到了一件枣红色的羊绒开衫。它软软地、茸茸地搭在衣架上，看上去懒洋洋的，很有点邻家女孩的味道，让人觉得亲切。它的红是收敛的红，红得有分寸，有气质，不张扬，不造作，我动了心。但因为它是红色的，还是心存着警惕，从它身边走开。回家后，我的眼前老是晃动着那件红衫，它像一团火在我心中燃烧，于是，隔了几天，把它买回，即刻穿在身上。站在镜子面前，觉得自己身披霞光，便没舍得脱下，一路穿进年关。如今，它陪伴着我，给家门贴上了大红的春联；又在阳台结了霜雪的窗前，挂上了大红的灯笼。

家中有了春联和灯笼，如同有了门神和天使的眼睛，关上这样的门时，虽然知道家中无人，可却觉得屋子里是有呼吸和脚步声的。

我锁上自家的门，下楼，去弟弟家。每年除夕，母亲都会在他那里。母亲在哪儿，哪儿便是年。

这样的雪路我已经不知走了多少遍了。

从我家到弟弟家，是由城东到城西。塔河是个小城，腊月时，人们都在忙年，采买物品，街上是热闹的。到了除夕，年是瓜熟蒂落了，街市中就少见行人车辆了。我沿着街边的雪路，慢慢地走，呼吸着清冷而新鲜的空气。不管什么季节，兴安岭的天空都是蓝的。这种透明的无瑕的蓝，对久居都市、为烟尘所困扰的我来说，就是《福音书》。阳光把雪地照得焕发出橘黄的光芒。街灯下面，是一串串的红灯笼。白雪红灯，格外分明。

我在除夕街头，碰见的第一个人，是个痴呆。他逍遥地走在杨树下，兴冲冲的，衣衫褴褛，敞着怀，没戴棉帽和手套，自得其乐地打着口哨。我看了他一眼又一眼，等于领受了新年的"憨福"。接下来遇见的，是一个骑着自行车的中年男人，他的车后座上吊着两个油渍渍的桶，看来是去饭店收猪食的。他的眉毛和胡子上濡着霜雪，想必在寒风中奔波了很久了。

除了理发店，大多的店铺都关了。店铺贴的春联又长又宽，十分醒目，那些陈旧的房屋因而显得亮堂了。小孩子在街角放着鞭炮，好像在空中甩着鞭子，一声声地吆喝着年。年是什么？是打着滚下坡的山羊吗？如果是那样的话，它们将从山上的雪松下滚过。在兴安岭，只有它们满身苍绿，富有春的气息。

我在寒风中步行了半个多小时，只是在大世界门前看见了两个摊床，一个是卖糖葫芦的，一个是卖鞭炮的。糖葫芦和鞭炮虽然姿容灿烂，但它们却是红颜薄命的。前者因取悦人的嘴而消融，后者因取悦人的眼而消散。不过鞭炮在绽裂时，会焕发出一瞬千年之美。

弟弟家已经把年夜饭准备好了。他们家的阳台，也挂起了红灯笼。天色渐晚，寒意愈深，红灯笼亮了起来。站在阳台上向下一望，见那满街的红灯笼，就像老天垂下来的一只只红碗！它们盛着星光和爆竹幽微的香气，为人间祈福。这座白雪覆盖着的小城，因为有了这些红灯笼，暖意融融。在没有鸟语花香的春节里，在北风和飞雪中，红灯笼就是报春花啊。

我恍然明白，人们之所以穿上红衣，是想用这火焰般的颜色，烧碎这沉沉暗夜，驱散这弥漫在天地间的苍凉啊。看来夜有多黑，就有多么光明的心；世界有多寒冷，就有多么如火的激情！如果没有这样的红色作为使者，北方的年，又怎能有春的气象呢？

原来姹紫嫣红开遍

——关于年货的记忆

我对年货的记忆，是从腊月宰猪开始的。

三四十年前，大兴安岭山林小镇的人家，没有不养猪的。一般的人家是春天抓猪崽，喂上一年，不管它长多大，进了腊月门，屠夫就提着刀，上门要它们的命了。猪挨宰时嗷嗷叫着，乌鸦闻着血腥味，呀呀叫着飞来。不过好的屠夫，会让它连一滴血都尝不着。血被接到盆里，灌了血肠吃了！猪被大卸八块后，家家会敞开肚子吃顿肉，然后把余下的作为年货，存在仓房的大木箱里。怕它风干了味道不好，人们在储肉箱里撒上雪。大兴安岭不趁别的，就趁雪花，你想撒多少就撒多少。有的人家图省心，干脆把肉埋在院子的雪堆里。可是吃的时候去拿，发现肉少了！在黑夜里做强盗的不是人，而是那些会倒洞的黄鼠狼！它们有拖走东西的本事。

有了猪肉，除夕夜的肉馅饺子就有了主心骨。可光有肉还不行，那夜的餐桌上，还必须有鸡，有鱼，有豆腐，有苹果，有芹菜和葱。鸡是"吉利"，鱼是"富余"，豆腐是"福气"，苹果是"平安"，芹菜是"勤劳"，葱则是"聪明"，这些一样都不能少！过年不能吃酸菜，说是"辛酸"；白菜也不能碰，说是"白干"。

腊月宰过猪，就得宰鸡了。宰猪要请屠夫，宰鸡一般人家的女主人就能做。鸡架在霜降时，就从院子抬进了灶房，跟人一起生活了。这些过冬的鸡，基本都是母鸡，养它们是为了来年继续生蛋，而鸡架的大公鸡，不过一两只，主人留它们，是为了年夜饭，所以只能活半冬。公鸡死后，我们会把它身上漂亮的羽毛拔下来，以铜钱为垫，做鸡毛毽子，算是女孩子献给自己的年礼吧。

年三十餐桌上的鱼，通常是冻鱼，胖头鱼、鲅鱼、刀鱼之类。这是供给制时代，能够买到的鱼。做鱼不能剁掉头尾，说是"有头有尾"，年景才好。女主人的菜刀要是不慎伤及头尾，就会很慌张，担心未来的日子起波折，所以过年时的菜刀不敢磨得太快。在鱼身上，除了防菜刀，还得防猫。闻着腥的猫，两眼放光，你一不留神，大半条鱼就被它消灭了！所以很多人家的猫，这时会被关在小黑屋。人在过年，猫在受苦，它的忧伤可想而知了。

有没有吃到鲜鱼的可能呢？那得看家中男主人捕鱼的本领和运气了。在冰河凿口冰眼，下片渔网，有时能捕到葫芦籽和柳根鱼。这类鱼都不大，上不了席面。谁要是捉到鲇鱼和花翅子，那就是中了彩了！这种能镇得住除夕宴的鱼，会让从冰河回家的男主人腰杆挺直，进屋后有老婆的热脸迎着，有热酒迎着。当然，晚上吹灯后还有热炕头的缠绵迎着。只是这样走运的男人很少，绝大多数都是如我父亲一样的人，空手而回。

比起鲜鱼，豆腐就很容易获得了。我们小镇有两爿豆腐房，得到豆腐除了用钱，还可用黄豆换。一般来说，换干豆腐，比水豆腐用的黄豆多。男人们扛着豆子去豆腐房时，你从他们肩上袋子的大小上，就能看出这家过年需要多少豆腐。莹白如玉的水豆腐进了家门，无非两种命运，一种切成小方块进了油锅，炸成金黄的豆腐泡，另一种则直接摆在户外的木板上，等它们冻实心了，装进布袋，随吃随取。

除夕宴上的葱，是深秋储下的。葱在我眼里是冬眠的菜蔬，它在零下三四十摄氏度的严寒中，看似冻僵了，可是进了温暖的室内，你把它扔在墙角，一夜之间，它就缓过气来，腰身变得柔软了！又过几天，它居然生出翠绿的嫩芽了，冻葱变成水灵灵的鲜葱了！至于芹菜，它也来自园田，不过它与葱不同，要是挨冻，就是真的冻死了！芹菜秋天时割下来打捆，下到户外的菜窖里。两三米深的菜窖，储藏着土豆、萝卜、大白菜等越冬蔬菜，芹菜就和它们同呼吸共命运了。不过芹菜没有它们耐性好，叶片很快萎黄，幸而它的茎，到年关时没有完全失去水分，仍然能做馅料。我小时一听大人们骂架，诅咒对方下地狱时，我就想，地下有什么可怕的，冬天时漫天飞雪，地窖却是春天呀！

年夜饭中唯一的冷盘，就是苹果了。苹果可用鲜的，也可用罐头的。我们那时更喜欢罐头的，因为它甜！这两种苹果的获得，都是在供销社，拿钱来买。除了买苹果，我们还要买烟酒糖茶，花生瓜子，油盐酱醋，冻柿子冻梨。最重要的是，买上一摞新碗新盘子，再加一把筷子，意谓添丁进口，家族兴旺。

在置办年货上，家中的每个人都会行动起来，各司其职。主妇们要去供销社扯来一块块布，求裁缝裁剪了，踏着缝纫机给一家人做新衣。腊月里猪的号叫，总是和着缝纫机的哒哒声。缝纫机上的活儿忙完了，她们还得蒸各色年干粮，馒头、豆包、糖三角、菜包等。馒头这时成了爱美的小姑娘，女人们会用筷子蘸着印泥，在正中央给它点上一枚圆圆的红点，那是馒头的眉心吧。除了这些，她们还要做油炸江米条和蕉叶子，作为春节的小点心。

那些平素淘气惯了的男孩子，这时候也得规规矩矩地忙年。他们负责买鞭炮，买回后放到热炕上，让它干燥着，这样燃放起来更响亮。他们得拿起斧头，劈一堆细细的松木样子，让除夕夜的灶火旺旺的！他们还要帮着大人竖灯笼杆，买来彩纸糊灯笼。不过在我们家，糊灯笼是我的事情。因为我是元宵节天将黑时出生的，父亲送了我一乳名"迎灯"，家人认定我的名字中有光明，糊灯笼非我莫属。不过我糊灯笼是讲条件的，那就是提前享用油炸小点心，虽然母亲不情愿，但为灯笼着想，只得依从。我给圆圆的宫灯糊上一圈红纸后，会用金黄的皱纹纸，为它铰上飘逸的穗子，粘在灯座上，让灯长出金胡子！

那时还没有印刷的春联，作为校长的父亲，因毛笔字写得好，腊月里就有很多人家求他写春联和福字。人们送来红纸，我帮着裁纸，父亲挥毫。写好一副，待墨迹干了，就把它卷起放到一边，写另外一家的。有时父亲让我编写春联，他也采纳过一副，是贴在仓房上的，记忆中我把他的小名"满仓"嵌了进去。父亲写完春联，会给我们做一盏用木座和罐头瓶子做成的灯。为了获得完美的灯罩，他得从户外捡回挂着霜雪的罐头瓶，然后飞快地将一瓢热水浇下去，这样它的底儿就会砰然脱落。当然，取灯罩并不容易，有时一瓢热水下去，它整个碎了，只能弃了；有时那罐头瓶子如烈女一般，热水泼来，依然故我。父亲只得再跑回雪地中，去翻找罐头瓶子。

小年前后，我会和邻居的女孩子搭伴，进城买年画。好像女孩子天生就是为年画生的，该由我们置办。小镇离城里十几里路，腊月天通常都在零下三四十摄氏度，我们穿得厚厚的，可走到中途，手脚还是被冻麻了。我们知道生冻疮的滋味不好受，于是就奔跑。跑得快，血脉流通得就快，身上就不那么冷了。我们跑在雪地上的时候，麻雀在灰白的天上也跑，也不知它们是否也去购置年画。天上的年画，该是西边天绚丽的晚霞吧！进了城里的新华书店，我们要仔细打量那一幅幅悬挂的年画，记住它们的标号，按大人的意愿来买。母亲嘱咐我，画面中带老虎的不能买，尤其是下山虎；表现英雄人物的不能买，这样的年画不喜气。她喜欢画面中有鲤鱼元宝的，有麒麟凤凰的，有鸳鸯蝴蝶的，有寿桃花卉的。而父亲喜欢古典人物图画的，像《红楼梦》《水浒传》故事的年画。母亲在家说了算，所以我买的年画，以她的审美为主，父亲的为辅。这样的年画铺展开来，就是一个理想国。

买完年画，我们会去百货商店，给自己选择头绫子、发卡、袜子、假领子，再买上几包红蜡烛和两副扑克牌。那时我们小镇还没通电，蜡烛是家里的灯神。任务完成，我们奔向百货商店对面的人民饭店，一人买一根麻花，站着吃完，趁着天亮，赶紧回返。冬天天黑得早，下午三点多，太阳就落山了。想在天黑前到家，就要紧着走。我们嘴里呼出的热气，与冷空气交融，睫毛、眉毛和刘海染上了霜雪，生生被寒风吹打成老太婆了！不过不要紧，等进了家门，烤过火，身上挂着的霜雪化了，我们的朝气又回来了！

人们为自己办年货，也为离世的亲人办年货。逝去的人，未必坟茔就在近前。所以小年一过，小镇的十字路口，会腾起团团火光。人们烧纸钱时，不忘了淋上酒，撒上香烟。年三十的饺子出锅后，盛出的头三个饺子，要供在亲人的灵位前，请他们品尝。

我小的时候，父亲和爷爷都在时，我们只在十字路口为葬在远方的奶奶烧纸。爷爷去世后，除了给奶奶买下烧纸，爷爷那里也得备一份了。等我长大成人，父亲过世了，母亲预备下的烧纸，就比往年厚了。待到十年前我爱人因车祸离世，我回故乡过年，在给爷爷和父亲上过坟后，总不忘了单独买份烧纸，在除夕前夜，在我和爱人无数次携手走过的山脚下的十字路口，为回归故土的他，遥遥送上牵挂。火光卷走了纸钱，把我留在长夜里。

我快五十岁了，岁月让我有了丝丝缕缕的白发，但我依然会千里迢迢，每年赶回大兴安岭过年。我们早已从山镇迁到小城，灯笼、春联都是买现成的，再不用动手制作了。我们早就享用上了电，也不用备下蜡烛了。至于贴在墙上的年画，它已成为昨日风景，难再寻觅其灿烂的容颜了。我们吃上了新鲜蔬菜，可这些来自暖棚的施用了化肥的蔬菜，总没有当年自家园田产出的储藏在地窖里的蔬菜好吃。我们的生活变得越来越便利，越来越实际，可也越来越没有滋味，越来越缺乏品质！

我怀念三四十年前的年，怀念我拿着父亲写就的"肥猪满圈"的条幅，张贴到猪圈的围栏上时，想着猪已毙命，圈里空空荡荡，而发出的快意笑声；怀念一家人坐在热炕头打扑克时，为了解腻，从地窖捧出水灵灵的青萝卜，切开当水果吃，而那个时刻，蟋蟀在灶房的水缸旁声声叫着；怀念我亲手糊的灯笼，在除夕夜里，将我们家的小院映照得一片通红，连看门狗也被映得一身喜气；怀念腊月里母亲踏着缝纫机迷人的声响；怀念自家养的公鸡炖熟后散发的撩人的浓香；怀念那一杆杆红蜡烛，在新旧交替的时刻，像一个个红娘子，喜盈盈地站在我家的餐桌上、窗台上、水缸上、灶台上，把每一个黑暗的角落都照亮的情景！

可是这样的年，一去不复返了！在我对年货的回忆中，《牡丹亭》中那句最著名的唱词："原来姹紫嫣红开遍，似这般都付与断井颓垣！"不止一次在我心中鸣响。好在繁华落尽，我心存有余香，光影消逝，仍有一脉烛火在记忆中跳荡，让我依然能在每年的这个时刻，在极寒之地，幻想春天！

时间怎样地行走

　　墙上的挂钟，曾是我童年最爱看的一道风景。我对它有一种说不出的崇拜，因为它掌管着时间，我们的作息似乎都受着它的支配。我觉得左右摇摆的钟摆就是一张可以对所有人发号施令的嘴，它说什么，我们就得乖乖地听。到了指定的时间，我们得起床上学，我们得做课间操，我们得被父母吆喝着去睡觉。虽然说有的时候我们还没睡够不想起床，我们在户外的月光下还没有戏耍够不想回屋睡觉，但都必须因为时间的关系而听从父母的吩咐。他们理直气壮呵斥我们的话与挂钟息息相关："都几点了，还不起床！"要么就是："都几点了，还在外面疯玩，快睡觉去！"这时候，我觉得挂钟就是一个拿着烟袋锅磕着我们脑门的狠心的老头，又凶又倔，真想把它给掀翻在地，让它永远不能再行走。在我的想象中，它就是一个看不见形影的家长，严厉而又古板。但有时候它也是温情的，比如除夕夜里，它的每一声脚步都给我们带来快乐，我们可以放纵地提着灯笼在白雪地上玩个尽兴，可以在子时钟声敲响后得到梦寐以求的压岁钱，想着用这钱可以买糖果来甜甜自己的嘴，真想在雪地上畅快地打几个滚。

我那时天真地以为时间是被一双神秘的大手给放在挂钟里的，从来不认为那是机械的产物。它每时每刻地行走着，走得不慌不忙，气定神凝。它不会因为贪恋窗外鸟语花香的美景而放慢脚步，也不会因为北风肆虐、大雪纷飞而加快脚步。它的脚，是世界上最能禁得起诱惑的脚，从来都是循着固定的轨迹行走。我喜欢听它前行的声音，总是一个节奏，好像一首温馨的摇篮曲。时间藏在挂钟里，与我们一同经历着风霜雨雪、潮涨潮落。

我上初中以后，手表就比较普及了。我看见时间躲在一个小小的圆盘里，在我们的手腕上跳舞。它跳得静悄悄的，不像墙上的挂钟，行进得那么清脆悦耳，"嘀嗒——嘀嗒——"的声音不绝于耳。所以，手表里的时间总给我一种鬼鬼祟祟的感觉，从这里走出来的时间因为没有声色，而少了几分气势。这样的时间仿佛也没了威严，不值得尊重，所以明明到了上课时间，我还会磨蹭一两分钟再进教室，手表里的时间也就因此显得有些落寞。

后来，生活变得丰富多彩了，时间栖身的地方就多了。项链坠可以隐藏着时间，让时间和心脏一起跳动；台历上镶嵌着时间，时间和日子交相辉映；玩具里放置着时间，时间就有了几分游戏的成分；至于电脑和手提电话，只要我们一打开它们，率先映入眼帘的就有时间。时间如繁星一样到处闪烁着，它越来越多，也就越来越显得匆匆了。

十几年前的一天，我在北京第一次发现了时间的痕迹。我在梳头时发现了一根白发，它在清晨的曙光中像一道明丽的雪线一样刺痛了我的眼睛。我知道时间其实一直悄悄地躲在我的头发里行走，只不过它这一次露出了痕迹而已。我还看见，时间在母亲的口腔里行走，她的牙齿脱落得越来越多。我明白时间让花朵绽放的时候，也会让人的眼角绽放出花朵——鱼尾纹。时间让一棵青春的小树越来越枝繁叶茂，让车轮的辐条越来越沾染上锈迹，让一座老屋逐渐地驼了背。时间还会变戏法，它能让一个活生生的人在瞬间消失在他们曾为之辛勤劳作着的土地上，我的祖父、外祖父和父亲，就让时间给无声地接走了，再也看不到他们的脚印，只能在清冷的梦中见到他们依稀的身影。他们不在了，可时间还在，它总是持之以恒、激情澎湃地行走着——在我们看不到的角落，在我们不经意走过的地方，在日月星辰中，在梦中。

我终于明白挂钟上的时间和手表里的时间只是时间的一

个表象而已，它存在于更丰富的日常生活中——在涨了又枯的河流中，在小孩子戏耍的笑声中，在花开花落中，在候鸟的一次次迁徙中，在我们岁岁不同的脸庞中，在桌子椅子不断增添新的划痕的面容中，在一个人的声音由清脆而变得沙哑的过程中，在一场接着一场去了又来的寒冷和飞雪中。只要我们在行走，时间就会行走。我们和时间是一对伴侣，相依相偎着，不朽的它会在我们不知不觉间，引领着我们一直走到地老天荒。

蚊烟中的往事

如果是夏天，如果火烧云又把西边天映红了的话，我们喜欢将饭桌放置在院落里吃晚饭。当然，这时候必不可少的，是笼蚊烟，因为傍晚的蚊子很活跃，你若不驱赶它，当你享受美味佳肴的时候，它也会叮我们的脸和胳膊，享受它的美味佳肴。

笼蚊烟其实很简单，先是用一蓬干树枝将火引着，让它燃烧一会儿，就赶紧抱来一捆蒿草，将它们均匀地散开，压在火上。这时丝丝缕缕的青烟就袅袅升起了，蚊子似乎很不习惯这股在我们闻来很清香的烟，它们远远地避开了。我们就可以轻松地吃晚饭了。

这样对着青翠的菜园和绚丽晚景的晚饭，是别有风味的。饭桌上通常少不了一碗酱，这酱都是自己家做的。每年二月二龙抬头的日子一过，寒风还在肆虐的时候，做酱的工作就开始了。家庭主妇们煮熟了黄豆，把它捣碎，等它凉透了，再把它揉捏成砖头的形状，用报纸一层又一层地裹了，放置起来。这种酱块到了清明之后，自然风干了，将它身上已经脆了的报纸撕下来，将酱块掰开，放到酱缸里，兑上水和盐，酱就开始了发酵的过程。酱喜欢阳光，所以大多数的人家不是把酱缸放在窗跟前，就是搁在菜园的中央，那都是接受阳光最多的地方。阳光和风真是好东西，用不了多久，酱就改变了颜色，由浅黄变为乳黄直至金黄，并且自然地把酱汁调和均匀了，香味隐约飘了出来，一些贪馋的人受不了它的诱惑，未等它充分发酵好，就盛着它吃了。夏日的晚餐桌旁，占统治地位的就是酱了。那些蘸酱菜有两个来源：野地和菜园。野地的菜自然就是野菜了，比如明叶菜、野鸡膀子、水芹菜、鸭子嘴、老桑芹和柳蒿芽。野菜通常要在开水中焯一下，让它们在沸水中打个滚，捞出来，用凉水拔了，攥干了再吃。野菜中，我最爱吃的就是老桑芹，所以采野菜时，明明看到了大片的水芹菜和鸭子嘴，我还是会绕过它们，去寻觅老桑芹。很多人不喜欢吃老桑芹，说它身上有股子奇怪的气味，像药味，可我却格外青睐它。因为有了酱，就有了采野菜的乐趣，你可以堂而皇之地提着篮子出了家门，就说是采野菜去了。你愿意在河边多流连一刻，看看浸在水中的柔软的云，是没人知道的；你愿意在山间偷偷地采一些浆果来吃，大人们依然是不知道的。反正有那么几种野菜横在篮子中，你就可以理直气壮地踏入家门。但野菜是分季节的，春季和初夏吃它们是可以的，等到天气越来越热的时候，它们就老了，柴了，吃不得了，这时候伺候晚餐桌上酱碗的，就得是园田中的蔬菜了。青葱、黄瓜、菠菜、生菜、香菜和小白菜水灵灵地闪亮登场了。园田中的菜适宜生吃，只需把它们在清水中洗过则是。一家人围坐在饭桌旁，这个人拿棵葱，那个人拿棵菠菜，另一个人则可能把香菜卷上一绺，大家纷纷把这些碧绿的蔬菜伸向酱碗，吃得激情飞扬。而此时蚊烟静静地在半空悬浮，晚霞静悄悄地落着，天色越来越黯淡，大家的脸上就会呈现出那种知足的平和表情。

我最钟情的酱，是炸鱼酱。鱼来自草甸子中的水泡子。水泡子里有鲫鱼、柳根和老头鱼。父亲用一根柳条秆为我做了根渔竿，虽然它不直溜，但钓起鱼来却不含糊。我挖上一些蚯蚓，放到铁皮盒里用土养起来，做诱饵，然后扛着简陋的渔竿和蚯蚓罐去了大草甸子。水泡子大都在芳香的草甸子上，面积不大，圆形或椭圆形，非常幽静，我择一个水深的地方，将渔竿抛下去，静候鱼咬钩的时刻。只要鱼上钩了，渔竿就会像闪电那样颤动着，这时候你轻轻收回渔竿，随着银白的饵线露出水面，鱼也就跟着摇头摆尾地上岸了。我把逮住的鱼用铁丝穿上，重新上了蚯蚓，把饵线再次抛入水中。水泡子中的鱼不似河里的，它长不大，都是小鱼，而且由于是死水，鱼有股土腥味，所以绝不能清蒸和调汤喝，只能放上浓重的调料煎炒烹炸。我钓回来的鱼，基本都是把它连着骨头剁成泥，舀上一碗黄酱，炸鱼酱吃了。只要晚餐桌上有一碗鱼酱，园田中的蔬菜就遭殃了，一盆青菜往往不够，再拔上一盆，可能还是不够，不把酱碗蘸得透出瓷器的亮色，我们的嘴是不会罢休的。当然，我去水泡子边钓鱼的次数屈指可数。一个是因为女孩子家，家长不放心我去；还有一个是我自己也恐惧去了，因为水泡子边的蚊子十分猖狂，一场鱼钓下来，我的脸上被咬得到处是包。终于，有一个学生溺死在水泡子，彻底结束了我的钓鱼活动。二十世纪七十年代不是响应毛主席的号召，到大风大浪里锻炼成长吗？有一次体育老师就把学生带到水泡子，不管大家会不会游泳，一律给赶下水去，让他们经受风浪的洗礼。结果一个不会水的男生被洗礼得丢了性命，他被淹死了。他妈妈闻讯赶来，晕厥在岸边。从此，她就常常念着儿子的名字，在水泡子边疯疯癫癫地走。人们说水泡子有了鬼，会缠人，就很少有人涉足了。我猜想那以后水泡子里的鱼也是寂寞的，因为它们听不到人类的脚步声了。

酱缸其实是很娇气的，它像小孩子一样需要精心呵护着。它的脸要蒙上一层白纱布，以防蚊虫飞进去，弄脏了它；它喜欢晒太阳，似乎还很害痒，要经常用一个木耙子捣一捣它，把它身上的白醭撒出去；它还惧怕雨水，所以酱缸旁通常要放着一块玻璃，一看雨要来了，就把它盖上去。我就很心疼家中的酱缸，有的时候在学校上课，一听到雷声轰隆隆地响起，就举手跟老师请假，撒谎说要上厕所，出了教室后会一路飞奔回家，冲进菜园，盖上酱缸。酱没被淋着，我却会在返回的路上被雨水打湿。

蚊烟稀薄的时候，火烧云也像熟透了的草莓似的落了。我们吃完了晚饭，天也就越来越陈旧，蚊子又三三两两地回来了。我们把饭桌撤了，打扫干净笼蚊烟的灰烬，站在院子里盼着星星出来，或者是打着饱嗝去火炕上铺被窝。我还记得父亲酒足饭饱后在院子里看天时，如果被飞回的蚊子给咬着了，他会得意地喊我妈妈出来，说他很招人稀罕，母蚊子又啃他的脸了！我们那时就都会发出快意的笑声，以为爸爸在开玩笑。长大后我才知道，父亲说得也没错，吸食人的血液的确实都是雌蚊，而雄蚊吮吸的则是植物的汁液。如今，曾说过这话的父亲早已和着缥缈的蚊烟去另一个世界了。菜园依然青翠，火烧云也依然会在西边天燃烧，只是一家人坐在院落中笼起蚊烟吃晚饭的岁月一去不复返了，让我在回忆蚊烟的时候，为那股亲切而熟悉的气息的远去而深深地怅惘着。

一间自己的屋子

　　童年时，我的房屋就是姥姥的胳肢窝。冷了，害怕了，就像鱼一样摆摆尾巴游到那安静温暖的港湾里。在那里可以把月亮想象成一间红房子，把银河视为通向红房子的路，于是我在夜间就会梦见自己成为一只蓝鸟，掠过银河，沐浴着灿烂的星光，叩开芳香四溢的红房子的门。嫦娥轻纱袅袅地打开门，说，你把吴刚砍下的桂花树背回人间吧。

　　离开了姥姥和那里的白夜，一间八平方米左右的房屋像魔术盒子一样吸引了我，那是一间小北屋，我和姐姐住在一起。我们窗外是后菜园，菜园的栅栏外是别人家的桦子垛和房屋。躺在北屋的小炕上，可以清清楚楚地看见谁家的公鸡跳到桦子垛啼叫，谁家的炊烟又不到晌午时就升起来了。北窗前有一棵稠李子树，树周围种了花，那些花一到盛夏时就疯疯癫癫地四处求发展，有的竟越过了黯淡的墙壁，伸向炕上的枕头了。那枕头于是就有了香味。

我的睡态总像溢出河床的洪水一样毫无规矩、泛滥成灾，我常常把姐姐挤到墙根，而自己四仰八叉地占有偌大一块领地——这于姐姐还算幸运的，不幸运的时候是我常常在夜晚时用脚踢她，她安然的乖乖女孩的睡态怎受得了我夜晚时犹如驰骋疆场的烈马一般的袭击呢？于是就有了抱怨，于是我就多了一分介意和小心，可我是左右不了自己的，因为在睡眠时我不存在，我是一只蓝鸟或蜻蜓。那时总想，要有一间自己的屋子多好。就在那间小屋里，我们冬天看窗外的白雪，夏天听风吹稠李树的哗哗声。

我到城里上高中了。在那里我更没有自己的一间屋子。二十平方米左右的屋子住着十六名女生，分上下两层，是通铺，我住在上铺靠北的地方。北窗将它最上面的三块玻璃恩赐给我，所以我仍可以躺在铺上望窗外。窗外没什么好景致，一个矮矮的仓库，一堆废木料，一个厕所，看几眼就疲倦了。只是有一次学校的一个老工人死了，人们在仓库旁扎起花圈，那花圈豁然使我的北窗一亮，我知道死人是多么平凡的事情。

我在那铺上睡了两年。我至今仍能忆起地中央放着一个火炉，炉盖上坐满了饭盒，炉壁四围却挤满鞋垫。炉子并不是什么宽广大道，可那上面却挤满了脚印。地中央常常是湿淋淋的，那上面粘着头发和废纸，用笤帚去扫，头发常常阻住笤帚，可以想见那时我们梳头发时多么漫不经心，我们太年轻，头发又茂盛，当然可以不吝惜地用木梳拉拉扯扯了。而那时的女孩子，现在都到了爱惜头发的年龄——不知又可否有心情和条件去爱惜？

那时渴望有一间自己的屋子，那缘由说起来也许是荒唐的。我在那里丢过一只钱包。钱包放在衣袋里，入夜时挂在墙上，可有一天早晨醒来却发现它不翼而飞。后来我在正施工的暖气沟中发现了它，但它只是一个空壳了。我记得里面有七元多钱和一些粮票，对于当时家境并不富裕的我来讲，不啻为一种沉重损失。在那个早晨，我守着空空如也的饭盒哭了。那时就想，要是有一间自己的屋子，钱包就不会丢了。从此之后，那屋子里的人都令人恐惧和生疑，虽然说只有一人偷了钱包，而那原因肯定是因为贫穷，但是那时绝不会大度地去宽容别人，而是常常揣着那个硬瘪瘪的钱包，很晚很晚才从教室回来，沉默寡言，入夜时就把钱包放在枕头下。

我十七岁的那年初冬离开了故乡，在大兴安岭师范专科学校上学。那是我第一次坐火车。那时有一个天真的想法，认为坐上火车的人就不一般了，火车到达的地方也是非同凡响的，所以认定学校的新居干净宽敞而漂亮。然而凌晨三时下了火车跟着自己的行李坐在卡车上瑟瑟发抖着朝学校靠近时，我知道自己的想法大错特错了。我们十几个人仍然住着一间二十平方米左右的屋子，不同的是火炉在门外的走廊里。那天进去时电还未接通，老师擎着根蜡烛照亮每一个人的床头，看清名字后就喊一声："×××，你在这!"各就各位后，我们打开了行李，老师将蜡烛最后的一束光焰带出屋子，我们就陷在黑暗中。我在黑暗中打开手电筒，给家里写第一封信，只写了一句：

爸爸妈妈：我想家……

我的泪水就下来了。我没有再写下去，当然也没有发那封信。

后来师范专科学校的校舍大有改观，一年后我们搬入新居，八个人一间的屋子。就在那间屋子里，有一天深夜我发生了梦游，我赤脚走到窗前，对着窗外的暗夜说，桂花呢，我采的桂花呢……

师专毕业后，虽然住宿大有改观，可总是与人合住，我并未有自己的一间屋子。

伍尔夫曾说一间自己的屋子是女人所必需的。我渴望着有一间自己的屋子是因为我可以在精神上真正独立，喜怒哀乐受自己支配，想哭就哭，想唱就唱，想睡懒觉就拉上窗帘，想听着音乐想点什么就关起门来，想宁静地回忆着写点什么的时候就让屋内的一切声音都止息。

有一间自己的屋子多么好，可以把最喜欢的人请来闲谈和吃饭，可以把最不喜欢的客人拒之门外，那时我就是自己的上帝。没有了委曲求全和压抑个性，而是一个完全真正的自我的存在，犹如那个在童年时化成一只蓝鸟飞进月亮的女孩子，虽然她没有把桂花树背回人间，但人间仍香气弥漫。

如果有一间自己的屋子，向西最好，每天可以站在窗前看夕阳。斜阳贴在自己屋子的窗户上，那就是我的斜阳。

好时光悄悄溜走

十年以前，我家还有一个美丽的庭院。庭院是长方形的，庭院中种花，也种树。树只种了一棵，是山丁子树，种在窗前，树根周围用红砖围了起来。那树春季时开出一串串白色的小花，夏季时结着一树青绿的果子，而秋季时果子成熟为红色，满树的红果子就像正月十五的灯笼似的红彤彤醉醺醺地在风中摇来晃去。花种得可就多了，墙角、杖子边到处种满了扫帚梅、虞美人、爬山虎、步步高、金盏菊等。那庭院的西南角还悬着一个鸡架，也是长条形的，鸡白天时被撒到外面，一到夜间便把它们圈了起来，到喂食的时候它们就将头伸出来，鸡槽上横着许多毛茸茸的脑袋，一顿一顿的，看起来充满了无穷的生气。清晨时雄鸡喔喔，正午时母鸡下完蛋则咯咯咯地叫唤，所以我常常不知道是公鸡好呢，还是母鸡好。公鸡的冠子红彤彤的，走起路来昂首阔步，而母鸡则很温情，它在下蛋的时候安安静静地趴在窝里，不管外面有什么好吃的东西在诱惑它，它都毫不动摇，所以我又常常对产蛋的母鸡生出几分敬意。

十年以前我家的房屋是真正的房屋，因为它和土地紧紧相连，不像现在的楼房以别人家的天棚作为自己的土地。那造作的土地是由钢筋和混凝土加固而成的。十年以前的房屋宽敞而明亮，房子有三大间，父母合住一间，我和姐姐合住一间，弟弟住一间。厨房里有一条长长的走廊，这条走廊连接着三个房间。整座房子一共开着五个窗口，所以屋子里阳光充足。待到夜晚，若外面有好看的月亮的时候，便可以将窗帘拉开，那么躺在炕上就可以顺着窗子看到外面的月亮，月光会泻到窗台上、炕面上，泻到我充满遐想的脸庞上。好的月光总是又白又亮的。

春天来到的时候燕子也来了，墙上挂着的农具就该拿下来除除锈，准备春耕了。我家有三片菜园，一片自留地。有两片菜园围绕着房子，一前一后，前菜园较大，后菜园小一些。前菜园大都种菠菜、生菜、香菜、苞米、柿子、辣椒，而后菜园主要栽着几行葱和十几垄爬蔓的豆角。另外一片菜园离家大约有七八百米的路程，不算远，它位于一片松树林中，主要种豌豆、大头菜和秋白菜。我喜欢来这片菜园，因为在它附近常常可以找到高粱果，我喜欢吃高粱果。而且，在这片菜地附近的草地上还可以捉到蚂蚱和身背长刀的"三叫驴"。除了这三片菜园外，我家还有一片广大的自留地，它离家很远，远到什么程度呢？骑着自行车一路下坡地驰去也要用十几分钟，若是步行，就得用半个小时了。不过我从来没有在半小时之内走完那一段路程，因为我总是走走停停，遇到水泡子边有人坐在塔头墩上钓鱼，我便要凑上去看看钓上鱼来了没有。要是钓上来了则要看看是什么鱼，柳根、鲫鱼，还是老头鱼。有时还去问人家："拿回去炸鱼酱吗？"我最喜欢吃鱼酱。我的骚扰总是令钓鱼人不快，因为我常常不小心将人家的蚯蚓罐踢翻，或者在鱼将要咬钩的时候，大声说："快收竿呀，鱼打水漂了！"结果鱼听到我的报警后从水面上一掠而过，钓鱼人用看叛徒那样的眼光看着我，那么就识趣点离开水泡子接着朝前走吧。结果我又发现草甸子上那紫得透亮的马莲花了，我便跑去采，采了这棵又看见了下一棵，就朝下一棵跑去，于是就被花牵掣得跑来跑去，往往在采得手拿不住的时候回头一看，天哪，我被花引岔路了！于是再朝原路往回返，而等到赶到自留地时，往往一个小时就消磨完了。我家的自留地很大，大到拖拉机跑上一圈也要用五分钟的时间，那里专门种土豆，土豆开花时，那花有蓝有白有粉，那片地看上去就跟花园一样。到这块地来干活，就常常要带上午饭，坐在地头的蒿草中吃午饭，总是吃得很香，那时就想：为什么不天天在外吃饭呢？

十年以前，我家还是一个完整的家庭。那时祖父和父亲都健在。祖父种菜，住着他自己独有的茅草屋，还养着许多鸟和两只兔子。父亲在小学当校长，他喜欢早起，我每次起来后都发现父亲不在家里。他喜欢清晨时在菜园劳作，我常常见到他回来吃早饭的时候裤脚处湿淋淋的。父亲喜欢菜地，更喜欢吃自己种的菜，他常在傍晚时吃着园子中的菜，喝着当地酒厂烧出来的白酒，他那时看起来是平和而愉快的。

父亲是个善良、宽厚、慈祥而不乏幽默的人。他习惯称我姐姐为"大小姐"，称我为"二小姐"，有时也称我作"猫小姐"。逢到星期天的时候，我和姐姐的懒觉要睡到日上中天的时刻了，那时候他总是里出外进地不知有了多少趟，有时我躺在被窝里会听到他问厨房里的母亲："大小姐二小姐还没起来？"继之他满怀慈爱地叹道："可真会享福！"

十年以前我家居住的地方那空气是真正的空气，那天空也是真正的天空。离家不过五分钟的路程，就可以走到山上。山永远都是美的。春季时满山满坡都盛开着达子香花，远远望去红红的一片，比朝霞还要绚丽。夏季时森林中的植物就长高了，都柿、牙各达、马林果、羊奶子、水葡萄等野果子就相继成熟了。我喜欢到森林里去采它们，采完以后就坐在森林的草地上享用，那时候阳光会透过婆婆的枝叶投射到我身上，我的脸颊赤红赤红的，仿佛阳光偷来了世界最好的胭脂，全部涂在我的脸上了。当然，也不总有这样怡然自得的时候，有一次，便是一屁股坐在了马蜂窝上，这下可不得了了——倾巢而出的马蜂嗡嗡地围着我，不管我跑得多么快，它们还是把我当作侵略者紧紧追踪，并且予以有力的还击：我的脸上、胳膊上、腿上红斑点点，而屁股那里，则密密麻麻地像出了麻疹似的。那一次我是一路哭着逃回家的，从此再在林地上坐的时候可就不那么随心所欲了，总要看看周围有没有"敌情"，有时坐上去还心有余悸。秋天来到的时候，蘑菇就长出来了，那时候我就会随父亲到山上去捡蘑菇，秋季的森林多情极了，树叶有红的，有金黄的，也有青绿的。那黄的叶子大多数落了下来，而红的则脆弱地悬在枝条上，青绿的还存有一线生机，但看上去却是经受不住秋风的袭击而略呈倦意。我喜欢那些毛茸茸、水灵灵的蘑菇密密地生长在腐殖质丰富的林地上，那些蘑菇就是森林的星星。在秋天，我还喜欢渡过呼玛河去采稠李子和山丁子。稠李子喜阴，大都生长在河谷地带，经霜后的稠李子甜而不涩，非常可口，不仅我喜欢吃，黑熊也是喜欢吃的，可我是不能和黑熊同时享用果子的，所以我一过了河，在还没有接近稠李子树的时候，就用镰刀头将挎着的铁桶敲得咚咚地响，听说熊最怕听到这种声音，只要这种声音传来，它就会落荒而逃。现在想来，觉得那时对黑熊实在刻薄了些，可是，如果不那样做，会不会有现在的我呢？当然，也可能黑熊根本不喜欢吃我，我想我总不至于像稠李子那样美味而令它垂涎三尺，但谁能保证它见了我之后会不会突然有换换胃口的打算？所以熊照例是要驱赶的，人和动物之间看来永远有解不开的矛盾。

就说冬天吧，家乡的冬天实在太漫长了，漫长得让我觉得时间是不流动的。雪花一场又一场地铺天盖地袭来，远山苍茫，近山也苍茫。森林中的积雪深过膝盖，那时候我们就进山拉烧柴。有时用爬犁，有时用手推车，当然用手推车的时候多。阳光照耀着雪道，雪道上亮晶晶的，晃得人双目生疼。我跟随着父亲在林子中穿梭着，他截好了木头，我负责将它们抬到有路的地方，常常是还没有走到有路的地方我就停住了脚步，因为我发现吃樟子松树缝中僵虫的啄木鸟了，而那啄木鸟却没有发现我，我就想：我要有啄木鸟那么漂亮该有多好。然而啄木鸟还是飞走了，我又想：自己还不如一只僵虫能拴住啄木鸟的心呢，那么再接着朝前走吧。我又发现了雪地上怪异的兽迹了，心想：这是狍子印还是狼印呢？若是狼的脚印，这可怎么好呢？那么就与狼背道而驰吧，我朝与兽迹相反的地方走去，往往就走岔了路，那时候父亲召唤我的声音听起来就遥远得不能再遥远了。在山里，若是不加紧干活，那么就会觉得身上冷得受不住了，这时父亲会给我拢起一堆火来，所以我上山时就常常用破棉絮包上几个土豆，将它放入火中，等到干完活装好车将要下山的时刻，就蹲在雪地上将熟透的土豆从奄奄一息的火中扒拉出来，将皮一剥，香气就徐徐散开了。吃完了土豆，身上有了温暖和力气，那么就一路不回头地朝家奔，那时，手推车顶上常常放着一根大桦树枝，遇到大下坡的时候，就将树枝放下来，用棕绳拴在手推车后面，我坐在树枝上，树叶刮起的雪粉喷得我满脸都是，那时候我和树枝就像一片云似的轻盈地飘动着，我便会大声呼喊着："真自由啊！"

十年一晃就过去了。十年后的晚霞还是滴血的晚霞，只是生活中已是物是人非了。祖父去世了，父亲去世了。我还记得一九八六年那个寒冷的冬季，父亲在县医院的抢救室里不停地呼喊："回家啊，回家啊……"父亲咽气后我没有哭泣，但是父亲在垂危的时候呼喊"回家啊"的时候，我的眼泪却夺眶而出。

十年后的我离开了故乡，十年后的母亲守着我们在回忆中度着她的寂寞时光。我还记得前年的夏季，我暑假期满，乘车南下时，正赶上阴雨的日子。母亲穿着雨衣推着自行车去车站送我，那时已是黄昏，我不停地央求她："妈你回去吧，路上到处是行人。""我送送你还不行吗？就送到车站门口。""不行，我不愿意让你送，你还是回去吧。""我回去也是一个人待着，你就让我溜达溜达吧。"我望着雨中的母亲，忽然觉得时光是如此可怕，时光把父亲带到了一个永远无法再回来的地方，时光将母亲孤零零地抛到了岸边，那一刻我就想：生活永远不会圆满的。但是，曾拥有过圆满，有过，不就足够了吗？

我在哈尔滨生活已近半年了。我最喜欢那些在街头卖达子香、草莓和樱桃的乡下人。因为他们使我想起故乡，想起那些曾有过的朴实而温暖的日子。所以，在那一段时期，我的案头总是放着一碟樱桃或者一盘草莓。阳光透过窗户照耀着樱桃和草莓，也照亮了我曾有过的那些鲜活的日子。

不久以前我的故乡发生了特大洪水，孤寂当中我写下了《愿上帝降临平安之夜》，记得开头是这样写的：

> 我无法想象故乡在汪洋中的情景。汪洋中的故乡消失了。那被阳光照耀着的门庭，那傍晚的炊烟和黄昏时落在花盆架上的蝴蝶，那菜园中开花而爬蔓的豆角、黄瓜以及那整齐的韭菜和匍匐着的倭瓜，如今肯定是不知去向了。没有了故乡，我到哪里去？

为此，我祝愿我的故乡永远地存在下去，祈求上帝给那一方土地和人民降临永远的平安之夜，让故乡的朴实和温暖久驻。

当我将要放下笔来的时候我想，当我白发苍苍，回首往事时，我的回忆是否仍然是这样美好呢？但愿那时我会平静地站在西窗前，望着落日轻轻吟唱我年轻时就写下的一首歌：

当我年轻的时候，
我曾有过好时光。
那森林中的野草可曾记得，
我曾抚过你脸上的露珠。
啊，当我抚弄你脸上露珠的时候，
好时光已悄悄溜走。

伤怀之美

不要说你看到了什么，而应该说你敛声屏气、凝神遐思的片刻感受到了什么。那是什么？伤怀之美像寒冷耀目的雪橇一样无声地向你滑来，它仿佛来自银河，因为它带来了一股天堂的气息，更确切地说，为人们带来了自己扼住咽喉的勇气。

我八岁的时候，还在中国最北的漠河北极村。漫天大雪几乎封存了我所有的记忆，但那年冬天的鱼汛却依然清晰在目。冬天的鱼汛到来时，几乎家家都彻夜守在江上。人们带着干粮、火盆、捕鱼的工具和廉价的纸烟从一座座木刻楞房屋走出来。一孔孔冰眼冒出乳白的水汽，雪橇旁的干草上堆着已经打上来的各色鱼类。一些狗很懂得主人的心理，它们摇头摆尾地看到上鱼量很大，偶尔又有杂鱼露出水面时，就在主人摘钩的一瞬间接了那鱼，大口大口地吞嚼起来。对那些名贵的鱼，它们素来规规矩矩地忠实于主人，不闻不碰。就在那年鱼汛结束的时候，是黄昏时分，云气低沉，大人们将鱼拢在麻袋里，套上雪橇，撤出黑龙江回家了。那是一条漫长的雪道，它在黄昏时分是灰蓝色的。大人们抄着袖口跟在雪橇后面慢腾腾地走着，他们之间没有任何言语，世界是如此沉静。快到家门口的时候，天忽然落起大片大片的雪花，我眼前的景色一片迷蒙，我所能听到的只是拉着雪橇的狗的热气沼沼的呼吸声。大人们都消失了，村庄也消失了，我感觉只有狗的呼吸声和雪花陪伴着我，我有一种要哭的欲望，那便是初始体会到的伤怀之美了。

年龄的增长是加深人自身庸碌行为的一个可怕过程。从那以后，我更多体会到的是城市混沌的烟云，狭窄而流俗的街道，人与人之间的争吵、背信弃义乃至相互唾弃，那种人、情、景相融为一体的伤怀之美似乎逃之夭夭了。或者说，伤怀之美正在某个角落因为蒙难而掩面哭泣。

一九九一年年底，我终于又在异国他乡重温了伤怀之美。那是在日本北海道，我离开札幌后来到了著名的温泉胜地——登别。在此之前已经领略过层云峡的温泉之美了。在北海道旅行期间一直大雪纷纷，空气潮湿清新，景色奇佳。住进依山而起的古色古香的温泉旅馆时，已是黄昏时分了，我洗过澡穿上专为旅人预备的和服到餐厅就餐。席间，问起登别温泉有何独到之处时，日本友人风趣地眨眨眼睛说，登别的露天温泉久负盛名。也就是说，人直接面对着十二月的寒风和天空接受沐浴。我吐了下舌头，有些兴奋，又有些害怕。露天温泉只在凌晨三时以后才对女人开放。那一夜我辗转反侧，生怕不慎一觉醒来云开日朗而与美失之交臂。凌晨五时我肩搭一条金黄色的浴巾来到温泉区。以下是我在访日札记中的一段文字：

温泉室中静悄悄的，仍然是浓重的白雾袭来。我脱掉和服，走进雾中，那时我便消失了。天然的肤色与白雾相融为一体。我几乎是凭着感觉在雾中走动——先拿起喷头一番淋浴，然后慢慢朝温泉走去。室内温泉除我之外还有另外两人，我进去后就四处寻找露天温泉的位置。日语不通，无法向那两个女人求问，看来看去，在温泉的东方望见一扇门，上写五个红色大字：露天大风吕。汉语中的"露天大风"自不用解释，只是"吕"字却让人有些糊涂。汉语中的"吕"除了做姓氏之外，古代还指用竹管制成的校正乐律的器具，代表一种音律。把这含义的"吕"与"露天大风"联系起来，便生出了"由风弹奏，由吕校音"的想法。不管如何，我必须挺身而出了。

我走出室内温泉，走向那扇朝向东方的门。站在门边就感觉到了寒气，另外两个女子惊奇地望着我。试想在隆冬的北海道，去露天温泉，实在需要点勇气啊。我犹豫片刻，还是将门推开。这一推我几乎让雪花给吓住了，寒气和雪花汇合在一起朝我袭来，我身上却一丝不挂。而我不想再回头，尤其有人望着我的时候，是绝不肯退却的。我朝前走去，将门关上。

我全身的肌肤都在呼吸真正的风、自由的风。池子周围落满了雪。我朝温泉走去，我下去了，慢慢地让自己成为温泉的一部分，将手撑开，舒展开四肢。坐在温泉中，犹如坐在海底的苔藓上，又滑又温存，只有头露出水面。池中只我一人，多安静啊。天似亮非亮，那天就有些幽蓝，雪花朝我袭来，而温泉里却暖意融融。池子周围有几棵树，树上有灯，因而落在树周围的雪花是灿烂而华美的。

我想我的笔在这时刻是苍白的。直到如今，我也无法准确表达当时的心情，只记得不远处就是一座山，山坡上错落有致地生长着松树和柏树，三股泉水朝下倾泻，琤琤有声。中央的泉水较直，而两侧的面积较大，极像个打鱼人戴着斗笠站在那。一边是雪，一边是泉水，另一边却结有冰柱（在水旁的岩石上），这是我所经历的三个季节的景色，在那里一并看到了。我呼吸着新鲜潮湿而浸满寒意的空气，感觉到了空前的空灵。也只有人，才会为一种景色，一种特别的生活经历而动情。

我所感受到的是什么？是天堂的绝唱？那无与伦比的伤怀之美啊！我以为你已经背弃了我这满面尘垢的人，没想到竟在异国他乡与你惊喜地遭逢，你带着美远走天涯后，伤怀的我仍然期待着与你重逢。

一九九三年九月上旬，我意外地因为心动过速和痢疾而病倒了。一个人躺倒在秋高气爽的时节，伤感而绝望，窗外的阳光再灿烂都觉得是多余的。我盼望有一个机会出去呼吸新鲜空气。在城市里，我已经疲惫不堪。九月二十日，大病初愈的我终于踏上了一条豪华船。历时十天的旅行开始了。省人大的领导考察沿江大通道，加上新华社、光明日报社的两位记者和我的一位领导及同事陪同，不过二十人。船是"黑龙江"号，整洁而舒适。我们白天在甲板上眺望风景，看银色水鸟在江面上盘桓，夜晚船泊岸边，就宿在船上。船到达边境重镇抚远，停留一天后，第二天正午便返航了。那时船正行驶在黑龙江上，岸两侧是两个国度：中国和俄罗斯。是时俄罗斯正在内乱，但叶利钦很快控制了局面。那是九月二十五日的黄昏，饭后我独自来到船头的甲板。秋凉了，风已经很硬了，落日已尽，天边涌动着轰轰烈烈的火烧云，映红了半面江水。这时节有一群水鸟忽然出现在船头不远处，火烧云使它们成为赤色。它们带着水汽朝另一岸飞去，我目随着它们，这时我突然发现它们身上的红色蓦然消失了，俄罗斯那岸的天空月白风清，水鸟在那里重现了单纯的本色。真是不可思议，一面是灰蓝的天空和半轮淡白的月亮，另一侧却是红霞漫卷。船长在驾驶室发现了我，便用扩音器送出来一首忧郁缠绵、令人心动的乐曲。我情不自禁地和着乐曲独自舞蹈起来。我旋转着，领略着这红白相间的世界的奇异之美。我长发飘飘，那一时刻我感觉自己就是一个女巫。没有谁来打扰我，陪伴我舞蹈的，除了如临仙界的音乐，便是江水、云霓、月亮和无边无际的风了。伤怀之美在此时突然撞入我的心扉，它使我忘却了庸俗嘈杂的城市和自身的一切疾病。我多想让它长驻心中，然而它栖息片刻就如袅袅轻烟一般消失了。

伤怀之美为何能够打动人心？只因为它浸入了一种宗教情怀。一种神圣的不可侵犯的忧伤之美，是一个帝国的所有黄金和宝石都难以取代的。我相信每一个富有宗教情怀的人都遇见过伤怀之美，而且我也深信那会是人一生中为数不多的几次珍贵片断，能成为人永久回忆的美。

照妖镜

　　如果你是一个女学生，我相信你的书包里会比男生多一面小镜子。课间操或是上下学的路上，偶尔抽出小镜子偷偷地看一眼，不仅能看到自己的气色和五官的轮廓，还能看到天光和好空气，这样的小镜子无疑是女学生们的贴身宝贝。当然，前提是别把照镜子的行为看成是一种虚荣，要知道镜子里反射出来的可不单单是人，它有时还能照到高楼阳台上的花以及天空中的云彩。

　　我小时候算不上一个安安分分的女孩子。就说上学吧，虽然从不旷课，但是偶尔也忍受不了一些讲课刻板的老师的照本宣科。那时我便无聊地把文具盒掀得啪啪响，气得老师看我时就像看一条脱钩了的鱼。后来我觉得这种有声的抗议太暴露自己，于是就用一面小小的圆镜子来对着阳光晃老师的后脑勺。当然，这须等得老师背对我们在黑板上写字的时候才能做。如果阳光恰到好处，老师又浑然不觉长时间写字，那么他后脑勺上就像被人揭了一块疤，有一块又白又亮的东西在跳，又很像只白蝴蝶，于是教室里哄声四起，老师诧异地回过头来，我便迅速地收拢镜子，做出一副若无其事的样子，他便又继续写他的字，于是后脑勺上的亮点再度重现。

当然，这恶作剧不总有成功的时候。有时候那老师的课讲得跟懒婆娘的裹脚布一样臭，可是他却又懒得在黑板上写一个字，我的一举一动都在他的严密监视之下，握着小镜子的手因为着急而不住地出汗。有时候他倒是去写字了，当他背对我的一瞬我欣喜若狂地正待调整反射的角度时，他却突然转过身来找黑板擦，将刚写上的两个字给抹了，而就不再写字了，那才让人大大地气馁呢。而更糟糕的是，赶上一个老师的乏味空洞的课，而外面的天却阴得像张乌鸦脸，别说用镜子取阳光，就是教室里也昏暗不堪，那才叫里里外外的黑暗呢。

我们那时把这种镜子称为"照妖镜"。因为"妖"是我们所学的词中比较坏的一个词了。不过我们对哪个老师该被照妖镜给曝曝光意见并不一致。一般地说，我们对班主任不大敢做这种事，即使他的课讲得像驴拉磨一般絮叨，也只能私下里撇撇嘴。若是给他使了照妖镜而被发现了，罚站等等的惩罚且不说，百分之百他要找到家长去告状。家长们解决问题的办法向来都是打一顿孩子，反正孩子是自己养的，打了又不犯法，所以打的时候是理直气壮的。所以班主任的后脑勺不会受到照妖镜的袭击，可见我们是欺软怕硬的。

那时候男生们觉得照妖镜实在好玩，也人手必备一个，遇到哪个老师不顺我们眼时就给他的后脑勺"过过电"。这种自以为聪明的把戏一旦用频了，就被老师给发现了。老师发现后便开始搜同学们的书包，那时这老师就生气得脸发青，因为照妖镜实在是太多了，搁在手上已经拿不住了，于是气得他就一面一面地摔。那是红砖地，摔一个碎一个，我们心疼不已，但一想着这照妖镜委实是犯了错误，也就不心疼它了。

当然，这类事上小学和中学时发生得最多。到了上师专之后，人长大了，也明白事理了，就不再使用照妖镜了，而且觉得那时对待老师实在过分。久而久之，我几乎把"照妖镜"这个词给忘了。然而没有想到有一天竟故态复萌，有位老师在讲外国文学时不停地在黑板上写一串串的作家名字和生平简介，而却对作家的代表作品一带而过，想必他也未读过原著，这使我乏味至极。那时恰好我坐在靠窗的位子，手腕上戴了块圆圆的玻璃蒙面的手表，对着阳光一照，便有一个亮点闪在墙的另一侧。我灵机一动，使手腕稍稍一转，那块亮点便爬上了老师的后脑勺，这使得同学们哄堂大笑，因为这种把戏只在过去才用的。大家的笑也隐含着重拾童年记忆的一种开心吧，然而我却红了脸。

给老师用照妖镜无疑是一种不文明的行为，但那时我们年幼无知，竟未觉得有什么过错。现在唯一使我欣慰的是，毕竟我们在对待自己不满的事物时采取了反击措施，如果自幼便学会忍气吞声，势必会限制个性的发展，也许会扭曲一个人的心灵。这样一想，便又为自己的过错找到了借口。

我当然希望现在的中学生们不要给老师用照妖镜，用那镜子照照自己可爱的眼睛、睫毛和嘴唇，照一照马路对面的茶点铺的幌子，照一照傍晚斜阳中的树木，都是极为美妙的。

露天电影

在二十世纪七十年代，山村的孩子大约没有没看过露天电影的。我们那个小镇，可看露天电影的地方有三处，一个是种子站，它就在我们小镇的西头，离它最远的东头的人家走过去，也不过是一刻钟的时间，所以那里一放电影，只有种子站是有灯火的，小镇的房屋都陷在黑暗中，男女老少都被吸引到银幕下了。另两处看露天电影的地方是部队，一个是十三连，一个是十七连。

如果是在种子站的广场放露天电影，那么下午的时候，一些老人就把座位给摆好了。老人们胳膊上挎着一个或两个板凳，抽着旱烟，慢悠悠地朝种子站走去。由于他们眼神差，又大都佝偻着腰，必须要坐在前几排，所以提前把座位占好是必须的了。那些板凳高矮不一、颜色各异地排列在一起，看上去就像一支杂牌军。他们放好板凳，会回家做他们的活计，等到电影快开演了，他们才不慌不忙地踱着步子走来，一副首长的派头。

那些挎着两个板凳占座位的老人，都是有老伴的。而那些孤老头子，拎的则是一只板凳。所以拎一只板凳的瞧不起拎两只板凳的，觉得他们成了老伴的奴隶；而拎两只板凳的又瞧不起拎一只板凳的，觉得他身边没个人陪着，缺乏派头。我奶奶过世早，我爷爷属于拎一只板凳之列的，但他从来不提前去占座位，他总是在电影开映前才提着板凳过去。他并不急于把板凳放在前排的空地，而是抽着旱烟，先看一会儿扫在银幕上的画面，觉得有趣，就随便找个地方放下板凳，觉得无聊，就挎着板凳放开大步往回走。走的时候他总要大声吐几口痰，好像那些未打动他的画面是几缕不洁净的空气，阻碍他的气息流动了。

有一回我去种子站看电影，远远看见我爷爷提着板凳大步流星往回返，我以为电影不演了呢，一问他，他竟然气呼呼地说，今天演外国电影《死了不屈》，有什么好看的呢！他一向讨厌外国电影，说那些高鼻梁、蓝眼睛的洋人没有什么好货，更何况那电影名也让他生烦，什么叫"死了不屈"呢？人在人世间辛辛苦苦走一遭，尝遍了苦水，死了还有个不屈的？听着他牢骚满腹地发着感慨并且大口大口地吐着痰，我觉得他比电影中的人还有趣。其实那部电影叫《宁死不屈》，他把名字记差了。那以后他要是蹙着眉看什么不顺眼了，我就会适时说一句"爷爷，死了不屈"，他就不绷着脸了，他笑着用烟袋锅敲我的头，骂我是个调皮捣蛋的丫头，将来肯定不好出嫁！

露天电影多是在夏天放映的，所以人们来看电影时，往往还拿着根黄瓜或者是水萝卜当水果来吃。当然，人群聚集的地方，也等于是为蚊子设了一道盛筵，所以看电影归来的人的脸被蚊子给叮咬了的占多数。人们在散场归家的途中，往往会一边议论着电影，一边谩骂着蚊子。

看露天电影，还得看天的脸色。它和颜悦色，不下雨，不起狂风，你观赏得也就滋润。而如果看着看着突然落了雨，人们又没有预备雨具的话，那简直就糟糕透顶。人们撤下板凳，纷纷挤进种子站的仓库，孩子哭老人叫的，像是一群难民。而如果遇到大风的天气，悬挂着的银幕被风吹得一皱一鼓的，那上面投映出的风景和人物全都变了形，人看上去不是歪嘴就是折了胳膊，而风景一律哆嗦着，仿佛正经历着一场大地震。所以看电影前，人们往往还要观察一下天：若是晚霞满天，炊烟笔直，去的人就多；而如果阴云密布，风声萧瑟，去的人就少了。

另两处看露天电影的地方，都不在我们小镇，它们是驻扎在山里的部队。一个离我们稍近一些，有五六里的样子，是十七连；另一处则要远很多，在采石场那一带，距离我们起码有十五里的路途，是十三连。老人们是决不会去这两个连队看电影的，他们的腿脚经不起折腾了。而大人们就是去的话，也是选择十七连的时候多。能够去十三连的，都是如我一般大的孩子。大家相邀在一起，沿着公路，走上一两个小时，到达连队时已是一身的汗，而电影往往已过半场，看得个囫囵半片的。回来的时候呢，山路上阴风飒飒，再赶上月色稀薄的夜晚，森林中传来猫头鹰的叫声，我们就会被吓得一惊一乍的，得手拉着手行走才觉得心不慌。所以一去十三连看电影，就有小孩子回来后生病。高烧后说胡话照理是正常的，可家长们非说是走夜路时撞上了鬼，至于鬼长得什么样，想必他们也是不知道的。所以一说去十三连看电影，家长都不乐意，我们只有偷着去了。如果运气好，我们可以拦截到捎脚的车辆，顺路把我们丢在采石场，从采石场再抄着茅草小路去十三连，就很近了。可这样的运气很少光顾到我们身上，车辆不是装载着货物，就是虽然闲着，但只能挤上一两个人，大家不愿意分开，索性谁都不上；再不就是车是有地方的，可司机怕拉了一车孩子，万一出了事故，负不起这个责任，而加大油门从我们身边呼啸而过，扬长而去，将我们远远甩掉。但也有好心的司机，觉得一群孩子千里迢迢地去看电影怪可怜的，就先送一批到采石场，然后掉转车头，回来再接一批，但这样的运气跟月亮旁的彩云一样，难得一见。

因为驻扎在我们小镇附近的这两个连队经常放电影，我曾经认为世界上过着最幸福生活的就是那些当兵的人。连队的战士格外欢迎孩子们来看电影，他们会把自己的板凳让给我们坐，还会用茶缸端来热水给我们喝。当然，战士们对待那些十七八岁的女孩的态度，比对待我们这些十一二岁的毛头小孩更要热情，他们喜欢围坐在大姑娘身边看电影，至于他们的眼睛盯的是银幕，心里想的又是什么，只有天知道了。

我们家的邻居有一个姑娘，叫青云，青云是个大姑娘了，她喜欢去十七连看电影。凡是有关电影的消息，最早都是她发布的。因为十七连的战士跟她很熟。要放电影了，总有人给她通风报信。她个子很高，腰肢纤细，头发又黑又亮，喜欢梳两条大辫子。她眼睛不大，眉毛浅浅淡淡的，肤色白里透粉，非常有韵味。如果不是因为她的嘴生得有些大，她可以称得上一个美人。她带着我们去十七连看电影时，神情中总是带着几分得意，好像回她的娘家似的理直气壮的。到了电影开演的时候，她往往看着看着就不见了。我们都以为她去小树林解手去了，可她一去就不回来，直至剧终。所以若问她电影演了些什么，她只能说出个大概。

爱上青云家的，是小钟和小李，他们总是结伴而来。小李好像是部队的文书，不太爱说话，又黑又瘦的。小钟呢，他不胖不瘦，浓眉大眼，肤色跟青云一样白皙，在十七连当伙夫，所以有时他会偷上一些豆油带给青云家。青云一烙油饼的时候，我就想一定是十七连的人又给她送豆油来了。青云那时中学毕业，在家务农，那一年的秋天她去看护麦田，得了尿毒症，住进医院，不久就死了。她死的时候小钟正回南方探家，他回来后并不知道青云已是另一个世界的人了。而一直在连队没有下山的小李也不知情。等到又要放电影的时候，小钟和小李来到青云家，听说了青云的事后，两个人都呆了。其中小钟还落了泪，人们依据泪水，判断青云跟小钟是一对，小李只不过是个陪衬罢了。青云没了，我们得知电影消息的源头也就断了。从那后，我们很少到十七连去看电影了。不久这个连队就换防到别处去了，他们留在营地的，不过是几顶废弃的帐篷。我们采山经过那里的时候，总要看看那两棵悬挂着银幕的大树，当时树间的那方白布曾上演过多少动人的故事啊。树还在，故事也在继续，只是演绎着这故事的人已经风云四散、各自飘零了。

听时光飞舞

去年中秋节我若拥有霓裳羽衣就好了，我也许会在清幽的丽江古城里被千年以前的帝王之魂引入九霄轻歌曼舞。因为在那个月夜，我看见了千年前的古泉依然淙淙流淌，千年前的古乐依然在雪山脚下回旋。在一个烛光摇曳、微风轻拂的时刻，我的双眼突然蒙上了泪水，因为我听见了时光飞舞的声音，在这种声音中，已逝世纪的宫殿、回廊、车马、银器、帝王、身着丝绸高绾发髻的女人突然纷至沓来。我触摸到了先人们勃勃跳动的脉搏。

到达丽江时已是黄昏，从车上便遥遥望见了屹立于古城北的玉龙雪山。它巍峨挺拔，山顶终年被积雪覆盖，至今尚未被人类征服。我对人类从未征服过的山总是心生无限的崇敬，因为它瓦解了人类自以为战无不胜的意志，让人类明白挑战是有极限的。它的主峰"扇子陡"海拔五千五百九十六米，绝大多数时间被云雾缭绕，难得"开脸"，使无数企望一睹它芳容的人怅怅而归。

丽江是世界闻名的赏月景点，我们有意在中秋节的那天赶到那里。这座老城始建于宋末元初，是纳西族居民的聚居地。这里没有汽车，没有噪声，连骑自行车的人都少见，人们走在石板路上没有焦虑和匆忙，有的只是从容和安详。我在细雨中沿着泉水漫步，听着高跟鞋敲打石板路的清脆的回响，有种梦回唐朝的感觉。

天色已晚，空中仍然云雾涌动，我们对月亮的出现已经不抱什么幻想，一行人便去四方街听洞经音乐。

这是主人特地为我们举办的一场音乐会。在此之前，我对这种音乐几乎一无所知。我们走进一座极其古朴的矮小的木屋，面积不过一百平米，屋子的木椽未着油漆，透出本色，给人一种十分温暖、亲切的感觉。主人已经有备在先了，赏乐者矮矮的小木椅前横置着杏黄色的长条凳，上面用碟子装着果品点心，最使我惬意的是座下那遍铺着的碧绿的松针，它们松软舒适，散发着一股植物特有的芬芳。主人说，只有贵客来临，他们才用松针铺地。

我们落座不久，演奏古乐的老人们就带着乐器一一入场了。他们都在花甲之年，有的甚至已经七八十岁了。他们穿着黑底印满金黄色铜币图案的绸质长袍，有的头发和胡须完全花白了。他们的演奏有三大特点，一是演奏的是纯粹的古乐，二是演奏者以老人居绝大多数，三是他们使用几件我国外地均已失传的民间乐器：四弦弹拨乐器"速古笃"（胡拨）、曲项琵琶及双簧竹管乐器"波伯"（芦管）。

老人们坐在黑色木椅上，手扶乐器，明亮的灯光将他们脸上的皱纹很明显地照映出来，但他们一致拥有不惧沧桑的平和表情。演奏台与看台没有界限，我坐在第一排，与他们近在咫尺。

演奏终于要开始了。屋子里的灯光突然消失了，我们陷在黑暗中，一种摄人心魄的寂静中忽然有划燃火柴的"嚓——"的声响，一簇橘黄色的火苗鲜润活泼地诞生了，它被一双老人的手护卫着，勃勃地靠近台中央神龛上的一支蜡烛，蜡烛亲切地接受了火光的热吻，欣然散发出柔和恬淡的光晕。在这片黎明般飞旋的烛光中，"咚咚——咚咚——咚——咚咚——咚咚——咚咚咚咚咚——"的鼓声突然如骤雨袭来，接着是一声开阔悠长的锣声响起又落下，音乐如长河流水一般汹涌而来。那一瞬间，我犹如回到了远古的洪荒年代，看到了篝火、奔跑的野兽、茂密的丛林和苍凉的黄昏。随着音乐越来越走向细腻、典雅和舒缓，时光也迅速向前移动，我来到了汉朝的石桥，河对岸店铺林立、画坊遍布，空气中洋溢着好闻的墨香气，文人学士饮酒作赋。这是《八卦》曲，它以一种无法言传的魅力把我带入了遥不可及的旧时光中。我专注地看着已逾八旬的赵应仙老先生，他双目微合，手操大胡，烛光将他的白发和那缕花白的胡子染成金黄色，仿佛要将他燃烧。他的嘴唇不由自主地轻轻嚅动，仿佛在咀嚼着什么。他在咀嚼音乐还是已逝的青春？

洞经音乐是一种道教音乐，当然也有人认为它融入了佛教的精神。研究者对于它如何流入偏远的云南丽江地区看法不一，有人认为它来自京城，也有人认为来自南京，还有人认为它来自四川乐山。旱路由司马相如治西夷时传入，水路大抵是由大渡河至宜宾，然后再入金沙江。不管它来源何处，这种典型的汉族音乐最后落脚于雪山脚下的纳西族人的居住地，由他们继承和发展下来。

欣赏完《八卦》，跟着奏响的是《山坡羊》《十供养》《到夏来》《浪淘沙》《清河老人》等曲目。在这过程中，我的思绪一直朝着古代翻涌。主人悄悄送上来一盅盅美酒，然后又是一碗碗雪茶。雪茶是一种生长在玉龙山雪线附近阴湿岩石和苔地上的地衣类植物，形似松针，体色银白，气味先苦后甘，清香沁人。这种别致的茶和如临仙境的音乐使我对现实产生了一种虚幻感，我不知道自己是否还在，我在我又是谁。我所能感觉到的就是音乐带来的遥远的时光，我看过许多反映汉唐时期生活的电影和电视剧，也读过许多汉唐时期文人墨客的文章，也曾见过这个时期留下的石窟和陈列在博物馆中的文物，可它们从未把我真正带入过去，我没有听到那个时代的呼吸声，是洞经音乐终于叩开了我的心扉，轻而易举就让我在古城中领略了千年以前的流水和斜阳。

演奏的间隙，我悄悄抽身来到屋外的方形场院。仰望天空，我不由得惊呆了：月亮竟然饱满地出现了，先前的阴霾突然不见，月光荧荧地照着屋子的飞檐，仿佛人世间的美好事物都要相约于一天出现在我面前。难道不是清幽的洞经之声吸引了月亮吗？月亮在聆听这来自大地的丝竹之声。我垂下头又向对面望去，使我更为吃惊的情景出现了，对面木屋的窗子敞开着，有五六颗白森森的人头探出来，他们挤靠在一起，头上裹着孝布，也在聆听洞经音乐。看来这家死了人，他们正在守灵，却经不住音乐的诱感。我便想象有一个已故人也在倾听音乐，死亡顿时变得平和和诗意了，我就是在那一瞬间渴望着拥有霓裳羽衣，因为我突然顿悟有多少逝去的灵魂就在我身边浮游，比如那个曾创作了《紫微八卦舞》乐曲的风流皇帝唐玄宗，我一直为他的爱情故事所感动，也许他的灵魂就在月下的古城徘徊。我三十岁了，身材还称得上窈窕，虽然我没有杨贵妃的美貌，但我自信霓裳羽衣加身后，再将秀发高绾，月色中也一样清丽动人。我那样装扮后，我所仰慕的灵魂也许就会引我飞入重霄，让我在银河中舞蹈，在月光中沐浴。

洞经音乐是多么优雅、纯洁而高贵。我甚至觉得玉龙雪山之所以如此俊美，是由于终年聆听古乐的结果。这样的山注定是不可征服的。

　　我是多么庆幸在我三十岁的时候，在中秋节，能看到一轮真正无瑕的月亮，能够在一个晚上走过一千多年的历程。时光和月光一齐在古乐中飞舞，老人们的面容在我面前渐渐模糊起来，因为那屋外的泉水已经悄悄流入我的双眼。

尼亚加拉的彩虹

自从爱人初春因车祸而永久地离开了我，我推掉了所有笔会的邀请，在哈尔滨独自待了四个月。盛夏最热的几天，我却觉得周身寒冷，穿着很厚的衣服枯坐在书房中，这时我懂得了什么叫"凄凉"。面对着市井的嘈杂之声，我第一次觉得世界仿佛与我无关了。有那么一段时间，我不敢接电话（怕别人安慰我），不敢上街（几乎每一条街都留下了我们共同走过的足迹），更不敢上商场（我仍能清晰记得在哪家商场为他买过格子衬衫，在哪家商场为他买过鞋和裤子）。我终日流泪，沉浸在对往昔温馨生活的回忆中，以至于眼痛得无法看书。以前我很少做噩梦，可那一段时间噩梦连连，有好几次我惊叫着在深夜中醒来，抚摸着旁边那只空荡荡的枕头，觉得自己是那么的孤立无援。

　　我知道人死不能复生的道理，也知道我必须要直面这突变，勇敢地活下去。于是，渐渐地，我能够接电话了，能够拿起笔来写作了，能够在傍晚时去夕阳笼罩的街道上散步了。我记得他去世后我在一个雨天第一次拿起笔来，为自己即将出版的新书作跋时，只写了一行字就泪流满面。那支笔是爱人送我的结婚礼物，婚后四年我一直用它来写作。笔犹在，人已去！命运的风云突变让我更加珍爱这支笔：爱人都会别我而去，而它却永远不会抛弃我。

　　文坛的朋友们纷纷打来电话，约我出去散心，均被我一一谢绝了。我想我应该正视发生的这一切，离开哈尔滨意味着"逃离"，而我今后必须还要走我们曾走过的街道，还要去我们曾去过的商场，还要到我们曾举杯共饮的餐馆，我不能把这曾十分熟悉的日常生活统统排斥在我的未来生活之外，这不现实，也不人道。于是，拾笔写作之后，我鼓励自己逛商场、散步，虽然我常常在经过某个街角时会心痛得无法自持。

　　整整四个月我没有外出。这在我的生活中是从未有过的。我的精神状态和身体状态糟糕到了极点。我害怕见到人，害怕放下笔来回到现实的那个瞬间。所以，当我受邀去加拿大参加国际作家节时，犹豫了好几天才确定可以出去。谁也不会想到，我去那里，其实只是为了重温尼亚加拉大瀑布曾带给我的震撼和感动。

一九九七年我访问美国时，曾对三处自然景观情有独钟：大西洋城的广阔沙滩、科罗拉多大峡谷壁立着的深赭色的岩石和奔腾咆哮的尼亚加拉大瀑布。

尼亚加拉大瀑布是世界著名的三大瀑布之一，位于北美的伊利湖和安大略湖之间的尼亚加拉河上。河水在前流的过程中由于地势陡然降低，形成了一处宽约一千二百多米、落差达五十余米的瀑布。这瀑布主要有两处，一处在美国境内，称"亚美利亚瀑布"，规模较小；而另一处"马蹄形瀑布"在加拿大境内，宽近八百米，气势恢宏。当年，我曾跟随游艇经由美国瀑布靠近加拿大瀑布，深深记忆着瀑布一泻而下时水珠四溅、水鸟翻飞、彩虹凌空而起的那个激动人心的画面。那时，我曾在连接美加两国的彩虹桥上拍了许多大瀑布的照片，想着有朝一日赴加拿大时，一定再来看这片瀑布。

飞抵加拿大后，我才知道国际笔会十几天的活动主要安排在首都渥太华，主办方并没有安排去多伦多的行程。会议像海边的空气一样自由松散，我有充足的时间逛街，在运河畔晒太阳，看着黑色的松鼠在草坪上跑来跑去。夜晚坐在街头的露天酒吧中与友人共饮葡萄酒时，感受着湿润而清凉的晚风，也觉无比惬意。只是如果不去看尼亚加拉大瀑布，总觉得辜负了这次远涉重洋的旅行。于是，我跟代表团团长蒋子龙先生建议，去多伦多看一次大瀑布吧。同行的徐小斌和周大新也积极响应。在蒋子龙和钮保国的努力下，我心仪已久的尼亚加拉之行终于成为了现实。

我们乘火车从渥太华去多伦多。出发时天还未亮，可见一轮圆月挂在天际（前一天恰是中国传统的中秋节）。火车行进了一个小时左右，天渐渐亮了。朝窗外望去，一侧是山冈上起伏的枫树，一侧则是泛着黝蓝光泽的波光浩渺的安大略湖。我们乘坐在头等车厢中，享受着比在国际航班中还要优质的服务。主食中的鱼佐以葡萄美酒，让我们那五小时的旅行格外地温馨怡人。

火车抵达多伦多后，前来接站的蒋子龙的天津同乡郭善群先生对我们说，你们今天来得正是时候，昨天多伦多还在下雨。我明白他这话的含意，那就是雨天中看瀑布只能看到一团迷雾，而晴天观瀑才能一览无余。游瀑布心切，我们直接上了郭先生提供的面包车，奔赴尼亚加拉。

两小时之后，我已经登上了观赏大瀑布的游艇。同五年前在美国一样，我罩上了天蓝色的雨披，以防船接近瀑布时飞溅的水花会打湿衣衫。

游船先从美国瀑布前经过，然后逐渐向右转，逼近加拿大境内的马蹄形瀑布。在船上，我脱离了同行者，站在船舷的最前沿，直接感受扑面而来的风和飞珠溅玉般的晶莹而清凉的水滴。在我的身后，一对新人正在举行别具一格的婚礼。为新郎新娘证婚的，就是这壮阔的尼亚加拉大瀑布。那一瞬间我突发奇想，如果让我爱人的葬礼在这瀑布旁举行，那对我该是多大的安慰啊！我愿意让他的肉体消失在水汽蒸腾、汪洋恣肆、洁净而明亮的瀑布里，而不是火葬场那肮脏的焚尸炉里！可是人类永远都把出生看得比死亡要庄重，好像死是"不洁"的，殊不知"死亡"在有些时候也是对生命的一种礼赞！譬如这瀑布，在我看来就是水的最壮丽的死亡，它们沿着尼亚加拉河一路缓缓走来，等待的也许正是这个俯冲而下、与云相接的时刻！

在马蹄形大瀑布前，我的心无比地忧伤，又无比地空阔，那一瞬间我泪如泉涌。我双手合十，对着瀑布默默地说：如果我的爱人去了天堂，请让彩虹出现吧！然而直到我回到岸上，彩虹却是了无痕迹。而五年之前，我在美国瀑布前却看到了妖娆的彩虹，这不禁使我怅怅然。我想是不是午后的缘故，抑或节气已至深秋，彩虹才不肯出现呢？

正当我在岸边踌躇漫步时，突然，我发现瀑布上空呈现了一道弓形的微黄的光影，我意识到彩虹就要生成，连忙驻足眺望。很快，那彩虹的形状和颜色变得越来越完满和深重，只短短几分钟的时间，彩虹已横跨瀑布，傲然屹立在晴空之下！我的内心一阵狂喜，不是因为彩虹本身，而是因为我面对瀑布的那个暗中祈求的兑现。如今彩虹圆圆满满地出现，我确信我的爱人是去了他所理想的净土——他一直渴望着的与世无争的、远离人间种种龌龊的和平的家园。这彩虹使我获得了莫大的温情和安慰。我想让同伴拍下我与彩虹同在的那个瞬间，然而恰在此时，相机卡了壳。我陡然联想起爱人出事的前两天，我和他在公园欲在盛开的桃花下拍一张合影时，相机同样卡了壳。它们是同一台相机。在出国前，我带它时还犹豫了一番。没想到它一路上安然无恙，偏偏在彩虹出现之时卡了壳。我顿然醒悟：爱人是不是不想让我与虚幻之物合影？桃花虽然艳丽，但它极易衰落；彩虹虽然绚丽，但它却已是天上之物。我明白世上但凡美好的事物，是最容易遭受摧残的。美好只是惊鸿一现，转瞬即会化为云烟。果然，没有多久，那道彩虹袅袅消失。留给我的，是大瀑布永不消失的轰鸣声。

我想大瀑布是永恒的。人类引以为贵的黄金宝石豪宅名车最后都会变为垃圾；人类引以为尊的权位和利益也终会化为虚无。只有大瀑布，它会上接天际之彩虹，下引地上之流泉，永存于天地之间。大瀑布就是天堂垂下的一块银白的幕布，等待芸芸众生在其上演出人间的悲喜剧。我甚至觉得，这块幕布就是步入天堂或跌入地狱之门的试金石，天地有灵，一些卑鄙苟且之人即使能在这个物欲横流的年代逃得过人间的审判，最终也逃不过天的审判。

从加拿大归来，我的心中满漾着那道尼亚加拉大瀑布上空的彩虹，我可以安然地继续平凡而朴素的生活了。我知道我的爱人不喜欢我总在泪水中度日，那么在此我想对他说：

曾经拥有，不再遗憾。世界很大，但真正能留在我心底的，只不过是故乡的风景。我能相识千千万万个人，但他们在我的生命中大都只是匆匆过客，真正能留在我心底的，也不过一两个人。你已深深地留在了我的心底，愿你在彩虹的国度里永生吧！

石头与流水的巴黎

巴黎的教堂、宫殿、桥梁、博物馆、道路以及老城区的房屋，都是由石头铸就的。那石头于苍灰中隐藏着青白色，极似三月的塞纳河水，苍凉却不失温暖，凝重而又不失明媚。所以我对埃菲尔铁塔和罗浮宫前的金字塔都没有热爱之情，在我看来，铁塔像颗刺向巴黎的铁钉，而贝聿铭设计的玻璃金字塔无疑就是扎向罗浮宫心脏的一把尖刀。如果除掉这颗铁钉和那把尖刀，巴黎就是一幅极具质感的沧桑的油画，值得永久悬挂在天庭下。

巴黎众多的艺术馆，是我最向往的地方。我是由罗丹开始走入巴黎的艺术世界的。罗丹艺术馆，有一个很大的草木葱茏的庭院，他的代表作之一的《地狱之门》，就伫立在入口处，让人顿生肃穆之情。室内展厅有著名的《吻》《手》

和《巴尔扎克》，也许是对它们的期望值太高了，我觉得它们有些微微的拘谨和庸常。我更喜欢的，是那些线条灵动、朴拙的小小的石头雕塑，那上面有懒洋洋的少女，有拥抱着的恋人，这样的作品看上去更天真和传情。雕塑其实是一种让坚硬变得柔软的艺术，所以我对那些能让我感受到柔软情怀的作品更情有独钟。

接下来我去的是位于玛莱区的毕加索美术馆。我以前对毕加索没有特别的喜好，觉得他在用色上跟莫奈一样花哨、招摇，而且认定他只是一个形式主义的画家，没有更深的精神内涵。可当我看到他的二百多幅层层叠叠地排布开来的画作，以及他的那些雕刻品、陶瓷品之后，我震撼了：毕加索确实是个天才，是个天马行空的永远不可能被人替代和遗忘的画家。他的画作的色彩繁杂却不迷乱，他的灵魂似乎悄悄潜伏在画作的经纬线上，牢牢控制着那些看似凌乱斑驳的色彩，使它们具有那种优雅的妖娆气质。他似乎无所不能，一颗铁钉、一个旧自行车的车把、一个歪斜的陶器，都能让他改造成艺术品。那看似随心所欲的一件件作品，浸透着他绵绵的才华。所以，毕加索的作品可以用"辉煌"一词来形容。虽然对他仍然谈不上热爱，但我欣赏他，为他的才华而折服。

蓬皮杜文化中心的现代艺术也是我想看的。其实去之前我就做好了失望的准备。在那里，我们很容易看到前些年风靡中国美术界的"行为艺术"的源头。在这一类的艺术家中，我对杜尚还存有一份好奇和尊敬，可到了他的展厅一看，失望之情油然而生。也许我没有看到他的《下楼的裸女》的那一系列我比较感兴趣的作品的缘故。但我们不能无视他的存在。在这个文化中心，还有马蒂斯、康定斯基、夏加尔的作品，他们的作品值得流连。

罗浮宫太著名了，尤其是那幅《蒙娜丽莎》，因它慕名而来的人太多了，使安置着这幅画的展厅更像一个庸碌的农贸市场的早市。相反，占据着近两个展厅的科罗的那些优秀的画作却门庭冷落。罗浮宫没有一个很好的赏画的环境，去那的人好像"赶场"一样，多数行色匆匆，所以尽管那里有众多值得一看再看的画，我还是像呼吸到了不洁的空气一样觉得心中郁闷。蒙娜丽莎用她那若有若无的微笑，轻而易举地俘虏了世人"掠美"的普遍心态，她在永无止息的世俗目光的注视下成为"经典"。众生的眼睛啊，当他们睁着时，有多少又是盲人呢！

我爱奥塞。这个由旧火车站改造成的美术馆珍藏着许多我喜欢的画家的作品。在那里，我流连了一天。一进凡·高的展厅，我就觉得血流加快，他的画作的色彩和这色彩洋溢着的生命激情是那么的令人着迷、疯狂，百看不厌。那些画虽然经历了漫长岁月的洗礼，但它们仍然活泼得似乎要滴下那一滴滴的浓绿和金黄的油彩，给爱着他画的人添加一缕生命的颜色。毕沙罗的《冬天印象》，德加的《苦艾酒》，也在奥塞中，它们也是我热爱的画作。

最让我难忘的是米勒。我太喜欢米勒了。看到他的《晚钟》《拾穗者》《牧羊女》《月光》，我想流泪。流泪并不是矫情，而是发自肺腑的热爱。写实的米勒是那么敢于运用陈旧的颜色，他烘托的凝重气氛总是带着股宗教意味，他笔下的底层人不管生活多么艰苦，看上去都是那么的隐忍、安详，给人一种圣洁感。他的忧郁之气浑然地漫溢在画面中，就像黎明前的晨曦一样动人。只有大画家才敢于运用陈旧的色彩表达人类最平凡、最质朴、最温暖的情怀。如果把凡·高的画比喻为巴黎的蓝天和白云的话，米勒的画就是那条呈现着苍凉之色的塞纳河，它们相互照耀，同样伟大。

我愿意巴黎是一座石头城，人类在其上能继续做着艺术的雕塑；我愿意塞纳河永远环绕着巴黎，因为它的水能分离和变幻出无穷的色彩，滋养着一代又一代的画家。只要石头和流水拥抱着巴黎，上帝就会永远把巴黎这幅人间名画悬挂在天庭下。

光明于低头的一瞬

俄罗斯的教堂，与街头随处可见的人物雕像一样多。雕像大多是这个民族历史上各个阶层的伟大人物。大理石、青铜、石膏雕刻着的无一不是人物肉身的姿态，其音容笑貌，在各色材质中如花朵一样绽放。至于这躯壳里的灵魂去了哪里，只有上帝知道了。

莫斯科与圣彼得堡那几座著名的东正教堂，并没有给我留下太美好的印象，因为它们太富丽堂皇了。五彩壁龛中供奉的圣像无一不是镀金的，《圣经》故事的壁画绚丽得让人眼晕，支撑教堂的柱子也是描金勾银，充满奢华之气。宗教是朴素的，我总觉得教堂的氛围与宗教精神有点相悖。

即使这样，我还是在教堂中领略到了俗世中难以感受到的清凉与圣洁之气。比如安静地在圣洗盆前排着长队等待施洗的人，在布道台上神情凝重地清唱赞美诗的教士。但是这些感动与我在一座小教堂中遇见扫烛油的老妇人相比，就微不足道了。

莫斯科的东南方向，有一座被森林和草原环绕的小城——弗拉基米尔，城边有一座教堂，里面有俄罗斯大画师安德烈·鲁勃廖夫的壁画作品。我看过关于这位画师的传记电影，所以相逢他的壁画，有一种惊喜的感觉。教堂里参观的人并不多，我仰着脖子，看安德烈·鲁勃廖夫留在拱顶的画作。同样是画基督，他的用色是单纯的，赭黄占据了大部分空间，仿佛又老又旧的夕照在弥漫。人物的形态如刀削般直立，其庄严感一览无余，是宗教类壁画中的翘楚。我在心底慨叹：毕竟是大画师啊，敢于用单一的色彩、简约的线条来描绘人物。

透过这些画作，我看到了安德烈·鲁勃廖夫故乡的泥土、树木、河流、风雨雷电和那一缕缕炊烟，没有它们的滋养，是不可能有这种深沉朴素的艺术的。

就在我收回目光，满怀感慨地低下头来的一瞬，我被另一幅画面打动了：有一位裹着头巾的老妇人，正在安静地打扫着凝结在祭坛下面的烛油！

她起码有六十岁了，她扫烛油时腰是佝偻的，直身的时候腰仍然是佝偻的，足见她承受了岁月的沧桑和重负。她身穿灰蓝色的长袍，戴着蓝色的暗花头巾，一手握着一把小铁铲，一手提着笤帚，脚畔放着盛烛油的撮子，一丝不苟地打扫着烛油。她像是一个虔诚的教徒，面色白皙，眼窝深陷，脸颊有两道深深的半月形皱纹，微微抿着嘴，表情沉静。教堂里偶尔有游客经过，她绝不张望一眼，而是耐心细致地铲着烛油，待它们聚集到一定程度后，用笤帚扫到铁铲里，倒在撮子中。她做这活儿的时候是那么虔诚，手中的工具没有发出一声刺耳的响声，她大概是怕惊扰了上帝吧——虽然说几个世纪以来，上帝不断听到刀戈相击的声音，听到枪炮声中贫民的哀号。

我悄悄地站在老妇人的侧面，看着祭坛，看着祭坛下的她。以她的年龄，还在教堂里做着清扫的事务，其家境大约是贫寒的。上帝只有一个，朝拜者却有无数，所以祭坛上蜡炬无数。它们播撒光明的时候，也在流泪。从祭坛上蜂飞蝶舞般飞溅下来的烛泪，最终凝结在一起，汇成一片，牛乳般润泽，琥珀般透明，宛如天使折断了的翅膀。老妇人打扫着的，既是人类祈祷的心声，也是上帝安抚尘世中受苦人的甘露。

如果我是个画家就好了，我会以油画展现在教堂中看到的这一幕令人震撼的情景。画的上部是安德烈·鲁勃廖夫的壁画，中部是祭坛和蜡烛，下部就是这个扫烛油的老妇人。如果列宾在世就好了，这个善于描绘底层人苦难的伟大画家，会把这个主题表达得深沉博大，画面一定充满了辛酸而又喜悦的气氛。

这样一个扫烛油的老妇人，使弗拉基米尔之行变得有了意义。她的形象不被世人知晓，也永远不会像莫斯科街头伫立的那些名人雕像一样，被人纪念着，拜谒着。但她的形象却深深地镌刻在了我心中！镌刻在心中的雕像，该是不会轻易消失的吧？

我非常喜欢但丁《神曲》的《天堂篇》中的几句诗，它们像星星一样闪耀在结尾《最后的幻象》中：

　　无比宽宏的天恩啊，由于你
　　我才胆敢长久仰望那永恒的光明，
　　直到我的眼力在那上面耗尽！

那个扫烛油的老妇人，也许看到了这永恒的光明，所以她的劳作是安然的。而我从她身上，看到了另一种永恒的光明：

光明的获得不是在仰望的时刻，而是于低头的一瞬！

最是沧桑起风情

大约三百年前吧，葡萄牙殖民者从非洲大批地往巴西贩卖黑奴。由于路途遥远，黑奴在海上漂泊过久，上岸时往往手足僵硬，不能行走，恍若残疾。贩奴者为了让手中的"货"鲜活出手，勒令黑奴在狭小拥挤的船舱中跳舞，活动筋骨。黑奴们便敲打着酒桶和铁锅，跳起了流行于非洲的森巴舞。

森巴舞来到美洲后，很快吸纳了欧洲白人带来的波尔卡舞，以及当地印第安人的舞蹈，演变为风靡巴西的"桑巴"。看来艺术的融合，是不分种族和阶层的。艺术的天然性，总是使它比政治要先一步到达"和平"。

对于一个观光客来说，里约热内卢的夜晚，是不能不看桑巴的。

　　我们走进剧院时，桑巴舞的表演已经开始了。流光溢彩的舞台上，几个男演员穿着金色长袍，戴着插有五彩翎毛的高筒帽子，正随着激昂的乐曲，且歌且舞着。他们满怀朝气和力量，无论左右移动还是旋转，双足如同跃动的鼓槌，轻灵激越。接下来上场的，是几个花枝招展的少女。她们穿着红黄蓝绿等色彩艳丽的服饰，袒胸露臂，像一群花蝴蝶，满场飞舞。她们修长的腿，宛如魔术棒，令人眼花缭乱。开始的半小时，我们看得饶有兴味，可是随着节目的深入，在锣鼓和钹一个节奏的敲击声中，我们渐渐有些审美疲劳了，不管舞台上的人怎样变换造型，一行人还是无精打采地垂下头。桑巴其实就是一场狂欢，而狂欢是会把人噎住的。

　　有了巴西看桑巴的经历，到了阿根廷，我对闻名遐迩的探戈并没有抱很大的期待。一天晚上，大使馆宴请我们，在一家饭店吃烤肉喝红酒，观赏探戈。那个舞台布景简单，上半部是悬空的乐池，下半部是舞池。几杯红酒落肚，我有微醺的感觉。当抑扬顿挫的舞曲响起来的时候，我却昏昏欲睡。舞池中的演员都很年轻，男士个个西装革履，英气逼人，而女士则是清一色的开衩长裙，亭亭玉立。应该说，探戈比桑巴要适宜观赏，因为管弦乐不像打击乐那样压迫人，它给人舒缓的感觉。虽然如此，连看了三曲后，表情过于庄严的演员还是让我疲乏了。据说，探戈这种双人舞，表现的是身佩短剑的男士与情人的幽会，因而表演者的举手投足间，都透露着警觉。有一点警觉当然好，可是满场都是警觉了，就让人觉得晃动在眼前的，是一群木偶了。就在我要耷拉下脑袋的时候，舞台忽然为之一亮，一个风度翩翩的老人携着舞伴上场了！

他看上去有七十岁了，中等个，四方脸，微微发福，满头银发，穿一套深灰色西装。他的舞伴，虽然年轻，却不是那种身形高挑的，她丰胸阔臀，看上去很丰满。他们在一起，相得益彰。音乐起来，他们翩翩起舞了。我坐在离舞台最近的地方，能清楚地看到老人的脸。他目光温和，似笑非笑，意味深长。他脸上的重重皱纹，像是鱼儿跃出水面后溅起的波痕，给人柔和、喜悦的感觉。他旋转起来轻灵如燕，气定神凝，完全不像一个老人。他揽着舞伴，时松时紧，舞伴在他怀中，无疑就是一只放飞着的风筝，收放自如。他划过的舞步宛如一个个绽放的花瓣，舒展，飘洒。当这些花瓣剥落后，我们在花蒂看到了他的优雅和柔情。这实在是太迷人了！一曲终了，掌声、喝彩声连成一片。坐在我身旁的电影演员潘虹女士，也格外喜欢这个老者，我们俩起劲地拍着巴掌，不停地叫着："老头太棒了，太棒了！"老者下场后，占据舞台的，又是一对对年轻的舞伴了。他们依然是表情庄严，一丝不苟地跳着，让我觉得好像在看一场拉丁舞大赛，兴致顿减，呵欠连连。潘虹说："你睡吧，老头出来了我就喊你。"我很没出息地打起了盹。也不知过了多久，潘虹在我肩膀上抓了一把，说："醒醒，老头出来了！"果然，又是那个须发斑白的老者，携着他那丰腴的舞伴出场了！他的举手投足间，有一股说不出的韵味。他舞出的，分明是一条清水，给人带来爽意，而他自己，就是掠过水面的清风。别人是被探戈操纵着而表演，只有他，驾驭着探戈，使这种舞蹈大放异彩！

　　演出结束，大使馆的文化参赞向我们介绍说，这个老者，是阿根廷著名的"探戈先生"，他是阿根廷十位杰出的艺术家之一。他的舞伴，是他的孙女。他年轻时，就是赫赫有名的探戈舞者，他跳了大半辈子了。难怪，在满场的俊男靓女中，他还是那么的夺目。

　　我们的最后一站是墨西哥城。观看墨西哥民族风情歌舞表演，是在一家有着四百年历史的大剧院。圣诞将至，剧院装饰得很漂亮。这台歌舞像是桑巴的翻版，也是一个节奏的热烈奔放的音乐，以及不断变换的绚丽服饰。演出只到半场，我们访问团的人大都打起了瞌睡。那一刻我想，为什么风情的表演会使人疲倦呢？也许因为风情没有情节性，不吸引人？也许因为风情不触及人的心灵，没有震撼力？难道风情只能成为轻轻一瞥的招贴画，或是可有可无的旅游纪念章？我想起了那位"探戈先生"，为什么他的表演就能让人身心激荡呢？思来想去，是阅历让他能出神入化地演绎风情啊。风情在他身上，是骨子里生就的，舞步不过是外化形式而已。而没有阅历的风情，如同没有发酵好的酒，会让人觉得寡淡无味。看来，最是沧桑起风情啊。

在温暖中流逝的美

　　我是一九八三年开始写作的，至今刚好有二十个年头。二十年前，我的发丝乌泽油亮，喜欢咯咯笑个不停，看到零食时两眼放光，看到可爱的小动物爱上前跟它们说上几句俏皮话。那时我可以彻夜不睡地写上一万字，第二天照样精力充沛地工作。我爱到田野和山间散步，爱随手掬上一捧河水喝上一口，爱摆个姿势照相。二十年前的我还没有属于自己的一间屋子，没有出版一本书，对生活满怀憧憬。但那时的我是多么的青春啊。

　　现在的我不爱照镜子，镜子中的我常常是双眼布满血丝，面色青黄。我的发丝有些干涩了，皱纹悄悄爬上了眼角。我常常丢三落四，时常找不着要用的东西。有的时候进了超市，我看着商品一片茫然，不知自己是要来买什么的。

所以，如今去超市，我的手里通常攥着一张纸条，那上面记着我平素写下的需要添置的生活日用品。我依然喜欢在黄昏时散步，只是看着夕阳时常常徒自伤悲。我如今有了自己的屋子，出版了三十多部书，不用为生计而奔波和劳碌了，可快乐却不如从前那般坚实地环绕着我了。看着自己所创作的那一部部书，我在想自己的最好年华都赋予文学了。这是不是太傻了？去年爱人因车祸而故去后，我常常责备自己，如果我能感悟到我们的婚姻只有短短的四年时光，我绝对不会在这期间花费两年时间去创作《伪满洲国》，我会把更多的时光留给他。可惜我没有"天眼"，不能预知生活中即将发生的这一沉重的劫难。

文学对我来讲，就像我的亲人一样，我对它有强烈的依赖性。它给了我生存的勇气和希望。在生活中，我是一个循规蹈矩的人，可在我的梦想中，我却是一个无拘无束、激情飞扬的人。文学为我打开了生活的另一扇窗。有一家刊物曾问过我如何解决理想与现实的矛盾，我是这样说的："石头和石头碰撞激烈的时候，会焕发出灿烂的火花。现实是一块石头，理想也是一块石头，它们激烈碰撞的时候，同样会产生绚丽的火花，那就是艺术的灵光在闪烁。"的确，我认为理想与现实冲突越激烈的时候，人的内心所焕发的艺术激情就越强烈，这种矛盾使艺术更加美轮美奂。所以，生活中多一些磨难对自身来讲是一种摧残，对文学来讲倒可能是促使其成熟的催化剂。但任何人都情愿放弃文学的那种被迫成熟，而去拥抱生活中那实实在在的幸福。

我是一个很爱伤感的人。尤其是面对壮阔的大自然的时候，我一方面获得了灵魂的安宁，一方面又觉得人是那么的渺小和卑琐。只要我离大自然远了一段日子，我就会有一种失落感。所以，这十几年来尽管我工作在城市，但是每隔三四个月，我都要回故乡去住一段时日。去那里的目的其实并不是为了写作，只是因为喜欢。那里的亲人、纯净的空气、青山碧水、宁静的炊烟、鸡鸣狗吠的声音、人们在晚饭后聚集在一起的闲聊，都给我一种格外亲切和踏实的感觉。回到故乡，我心臆舒畅，觉得活得很有滋味。其实乡村是不乏浪漫的，那种浪漫不是造出来的，而是天然流露的。城里人以为聚在灯红酒绿的酒吧闲谈是浪漫，以为给异性朋友送一束玫瑰是浪漫，以为携手郊游是浪漫，以为坐在剧场里欣赏交响乐是浪漫，他们哪里知道，农夫在劳作了一天后，对着星星抽上一袋烟是浪漫，姑娘们在山林中一边采蘑菇一边听鸟鸣是浪漫，拉板车的人聚集在小酒馆里喝上一壶热酒、听上几首登不了大雅之堂的乡间俚曲是浪漫。我喜欢故乡的那种浪漫，它们与我贴心贴肺，水乳交融。我的文学，很多来自乡间的这种浪漫。

童年的时候，我很喜欢在冬天起床之后去看印在玻璃窗上的霜花。它们看上去妖娆多姿，绮丽明媚。我常想寒风在夜晚时就变成了一支支画笔，它们把玻璃窗涂满了画。我能从霜花中看出山林、河流的姿态，能看出花朵、小鸟和其他动物的情态，能看出形神各异的人的表情。但是往往是看着看着，由于阳光的照耀和室内炉火的温暖的熏炙，这霜花会悄然化成水滴而解体。那时候我就会很难过。霜花是美丽的，我知道有一种美是脆弱的，它惧怕温暖，当温暖降临时，它就抽身离去了。我觉得我的生活呈现的就是这种美，它出现了，可它存在得是何其短暂！

我不该为了生活的变故而怨天尤人、顾影自怜，我应该庆幸，我曾目睹和体验过"美"，而且我所体验到的"美"消失在温暖中，而不是寒冷中，这就足以让我自慰了。如果"美"离开了我，我愿意它像霜花一样，虽然是满含热泪地离去，但它却是在温暖中消融！

我愿意牵着文学的手，与它一起走下去。当我的手苍老的时候，我相信文学的手依然会新鲜明媚。这双手会带给我们对青春永恒的遐想，对朴素生活的热爱，对磨难的超然态度，对荣誉的自省，对未来的憧憬。我相信再过一个世纪，人们也许会忘记这世界上许多政治上的风云人物，但人们永远不会忘记柴可夫斯基、贝多芬、巴赫、莫扎特，不会忘记凡·高、蒙克、毕加索和莫奈，不会忘记莎士比亚、雨果、托尔斯泰和巴尔扎克。战争是陨石雨，它会过去，而艺术是恒星，永远闪烁在人类文明的星空中。如果没有这样的星空照耀我们，我们的人生该是多么的灰暗啊！艺术拯救不了世界，但它却能给人带来心底的安宁和幸福。

寒冷的高纬度

——我的梦开始的地方

从中国的版图上看，我的出生地漠河居于最北端，在北纬五十三度左右的地理位置上。那是一个小村子，它依山傍水，风景优美，每年有多半的时间白雪飘飘。我记忆最深刻的，就是那里漫长的寒冷。冬天似乎总也过不完。

我小的时候住在外婆家里，那是一座高大的木刻楞房子，房前屋后是广阔的菜园。短暂的夏季来临的时候，菜园就被种上了各色庄稼和花草：有的是让人吃的东西，如黄瓜、茄子、倭瓜、豆角、苞米等；有的则纯粹是供人观赏的，如矢车菊、爬山虎、大烟花（罂粟），等等。当然，也有半是观赏半是入口的植物，如向日葵。一到昼长夜短的夏天，这些形形色色的植物就几近疯狂地生长着，它们似乎知道属于它们的日子是微乎其微的。我经常看见的一种情形就是，当某一种植物还在旺盛的生命期的时候，秋霜却不期而至，所有的植物在一夜之间就憔悴了，这种大自然的风云变幻所带来的植物的被迫凋零令人痛心和震撼。我对人生最初的认识，完全是从自然界的一些变化而感悟来的。比如我从早衰的植物身上看到了生命的脆弱，同时我也从另一个侧面看到了生命的从容。因为许多衰亡了的植物，在转年的春天又会焕发出勃勃生机，看上去比前一年似乎更加有朝气。

童年围绕着我的，除了那些可爱的植物，还有亲人和动物。请原谅我把他们并列放在一起来谈。因为在我看来，他们都是我的朋友。我的亲人，也许是由于身处民风淳朴的边塞的缘故，他们是那么的善良、隐忍、宽厚，爱意总是那么不经意地写在他们的脸上，让人觉得生活里到处是融融暖意。当然，他们也有自己的痛苦和苦恼，比如年景不好的时候，他们会为没有成熟的庄稼而惆怅；亲人们故去的时候，他们会抑制不住自己的悲哀情绪。我从他们身上，领略最多的就是那种随遇而安的平和与超然，这几乎决定了我成年以后的人生观。至于那些令人难忘的小动物，我与它们之间也是有着难分难解的情缘。我养过狗和猫，它们都是公认的富有灵性的动物，我可以和它们交谈，可以和它们搞恶作剧，有时它们与我像朋友一样亲密，有时则因着我对它们的捉弄，它们好几天对我不理不睬。至于猪、鸡、鸭等这些家畜、家禽，虽然养它们的目的是为了食肉，但我还是常常把它们养出了感情，所以轮到它们遭屠戮的时候，内心就有一种说不出的痛苦。但是大人们告诉我，这些家畜、家禽养来就是被人吃的。我想幸好人类没有吃花的嗜好，否则这些有灵性的、美好的事物还有多少能被人"嘴下留情"呢？

生物本来是没有高低贵贱之分的，但是由于人类的存在，它们却被分出了等级，这也许是自然界物类竞争、适者生存的法则吧，令人无可奈何。尊严从一开始，就似乎是依附着等级而生成的，这是我们不愿意看到和承认的事实。虽然我把那些动物当成了亲密的朋友对待，但久而久之，它们的毙命使我的怜悯心不再那么强烈，我与庸常的人们一样地认为，它们的死亡是天经地义的。只是成年以后遇见了许多恶意的人的狰狞面孔后，我又会情不自禁地想起那些温柔而有情感的动物，愈加地觉得它们的可亲可敬来。所以让我回忆我的童年，我想到亲人后，随之想到的就是动物，想到狗伸着舌头对我温存地舔舐，想到大公鸡在黎明时嘹亮的啼叫声，想到猫与我同时争一只皮球玩时的猴急的姿态。在喧哗而浮躁的人世间，能够时常忆起它们，内心会有一种异常温暖的感觉。所以，在我的作品中，出现最多的除了故乡的亲人，就是那些从我的脑海中挥之不去的动物，这些事物在我的故事中是经久不衰的。比如《逝川》中会流泪的鱼，《雾月牛栏》中因为初次见到阳光，怕自己的蹄子把阳光给踩碎了而缩着身子走路的牛,《北极村童话》里的那条名叫"傻子"的狗,《鸭如花》中那些如花似玉的鸭子,等等。此外,我还对童年时所领略到的那种种奇异的风景情有独钟,譬如铺天盖地的大雪、轰轰烈烈的晚霞、波光荡漾的河水、开满了花朵的土豆地、被麻雀包围的旧窑厂、秋日雨后出现的像繁星一样多的蘑菇、在雪地上飞驰的雪橇、千年不遇的日全食等等,我对它们是怀有热爱之情的,它们进入我的小说,会使我在写作时洋溢着一股充沛的激情。我甚至觉得,这些风景比人物更有感情和光彩,它们出现在我的笔端,仿佛不是一个个汉字在次第呈现,而是一群在大森林中歌唱的夜莺。它们本身就是艺术。

在这样一片充满了灵性的土地上,神话和传说几乎到处都是。我喜欢神话和传说,因为它们就是艺术的温床。相反,那些事实性的事物和已成定论的自然法则却因为冰冷的面孔而令人望而生畏。神话和传说喜欢以两种方式存在。一种类似地下的矿藏,我们看不见摸不着,但能嗅到它的气息,这样的传说有待挖掘。还有一种类似空中的浮云,能望得见,但它行踪飘忽,你只能仰望而无法将其纳入掌中。神话和传说是最绚丽的艺术灵光,它们闪闪烁烁地游荡在漫无边际的时空中。而且,它们喜欢寻找妖娆的自然景观作为诞生地,所以人世间流传最多的是关于大海和森林的神话。

对我来讲,神话是伴着幽幽的炉火蓬勃出现的。在漫长的冬季里，每逢夜晚来临的时候，大人们就会围聚在炉火旁讲故事，这时我就会安静地坐在其中听故事。老人们讲的故事，与鬼怪是分不开的。我常常听得头皮发麻，恐惧得不得了。因为那故事中的人死后还会回来喝水，还会悄悄地在菜园中帮助亲人铲草。有的时候听着听着，火炉中劈柴燃烧的响声就会把我吓得浑身悚然一抖，觉得被烛光映照的墙面上鬼影憧憧。这种时刻，你觉得心都不是自己的了，它不知跳到哪里去了。当然，也有温暖的童话在老人们的口中流传着，比如画中的美女每天在一个固定的时刻下来给穷人家做饭，比如一个无儿无女的善良的农民在切一个大倭瓜的时候，竟然切出了一个活蹦乱跳的胖娃娃，这孩子长大成人后出家当了和尚，成为一代高僧。这些神话和传说是我所受到的最早的文学熏陶，它们生动、传神、洗练，充满了对人世间生死情爱的观照，具有悲天悯人的情怀。

也许是因为神话的滋养，我记忆中的房屋、牛栏、猪舍、菜园、坟茔、山川河流、日月星辰等，它们无一不沾染了神话的色彩和气韵，我笔下的人物也无法逃脱它们的笼罩。我所理解的活生生的人，不是庸常所指的按现实规律生活的人，而是被神灵之光包围的人，那是一群有个性和光彩的人。他们也许会有种种的缺陷，但他们忠实于自己的内心生活，从人性的意义来讲，只有他们才值得永久地抒写。

尽管我如此热衷于神话和传说，但我也迫切感觉到它们正日渐委顿和失传。因为生活正变得越来越疲沓、琐碎、庸碌和公式化。人的想象力也相对变得老化和平淡。所以现在尽管有故事生动的作品不停地被人叫好，但我读后总是有一种难言的失望，因为我看不到一部真正的优秀作品所应散发出的精神光辉。

还有梦境。也许是我童年生活的环境与大自然紧紧相拥的缘故吧，我特别喜欢做一些色彩斑斓的梦。在梦境里，与我相伴的不是人，而是动物和植物。白日里所企盼的一朵花没开，它在夜里却开得汪洋恣肆、如火如荼。我所到过的一处河湾，在现实中它是浅蓝色的，可在梦里它却焕发出彩虹一样的妖娆颜色。我在梦里还见过会发光的树，能够飞翔的鱼，狂奔的猎狗和浓云密布的天空。有时也梦见人，这些人多半是已经作古的，我们称之为"鬼"的，他们与我娓娓讲述着生活的故事，一如他们活着。我常想，一个人的一生有一半是在睡眠中度过的，假如你活了八十岁，有四十年是在做梦，究竟哪一种生活和画面更是真实的人生呢？梦境里的流水和夕阳总是带有某种伤感的意味，梦里的动物有的凶猛，有的则温情脉脉，这些感受，都与现实的人际交往相差无二。有时我想，梦境也是一种现实，这种现实以风景人物为依托，是一种拟人化的现实，人世间所有的哲理其实都应该产生自它们之中。我们没有理由轻视它们，把它们视为虚无。要知道，在梦境中，梦境的情、景、事是现实，而孕育梦境的我们则是一具躯壳，是真正的虚无。而且，梦境的语言具有永恒性，只要你有呼吸、有思维，它就无休止地出现，给人带来无穷无尽的联想。它们就像盛宴上酒杯被碰撞后所发出的清脆温暖的响声一样，令人回味无穷。

我对文学和人生的思考，与我的故乡、与我的童年、与我所热爱的大自然是紧密相连的。对这些所知所识的事物的认识，有的时候是忧伤的，有的时候则是快乐的。我希望能够从一些简单的事物中看出深刻来，同时又能够把一些貌似深刻的事物给看破。这样的话，无论是生活还是文学，我都能够保持一股率真之气、自由之气。

当我童年在故乡北极村生活的时候，因为不知道"山外有山、天外有天"，我认定世界就北极村这么大。当我成年以后到过了许多地方，见到了更多的人和更绚丽的风景之后，我回过头来一想，世界其实还是那么大，它只是一个小小的北极村。

锁在深处的蜜

大兴安岭与内蒙古接壤，草原、牛羊、牧人的歌声，对我来讲，都是邻家的风景，并不陌生。

三年前，为了搜集长篇小说《额尔古纳河右岸》的素材，我来到了内蒙古。从海拉尔，经达赉湖，至边境的满洲里后向回转，横穿呼伦贝尔大草原，到根河。那是八月，草色已不鲜润了，但广阔的草原和草原上的牛羊，还是让人无比陶醉。天空离大地很近的样子，所以飘拂着的白云，总让人疑心它们要掉下来似的。中途歇脚的时候，我在牧民的毡房里喝奶茶，吃手抓羊肉，听他们谈笑，心底渐渐泛起依恋之情，真想把客栈当作家，长住下来。然而，我于草原，不过是个匆匆过客。

我在写作疲惫时，喜欢回忆走过的大自然。呼伦贝尔草原上的风景，就是在这样的时刻，悄悄浮现在我脑海中的。它们初始时是雾气，但随着时光的流逝，它们生长起来了，由轻雾转为浓云，终于，有一天，我想象的世界电闪雷鸣的，我看见了草原，听到了牧歌，一个骑马的蒙古人出现了，中秋节的月亮出来了。就这样，几年前的记忆被唤醒，草原从我的笔端流淌出来了。

如果问我最爱《草原》中的哪个人，我会说：阿荣吉的老婆子！我喜欢这个恋酒的、隐忍的、放牧着羊群的、年年夏天去阿尔泰家牧场唱歌的女人。人生的苦难有多少种，爱情大概就有多少种。在我眼里，她和阿尔泰之间，是发生了伟大的爱情的。这种失意的、辛酸的爱情，内里洋溢的却是质朴、温暖的气息，我喜欢这气息。常有批评家善意地提醒我，对温暖的表达要节制，可在我眼里，对"恶"和"残忍"的表达要节制，而对温暖，是不需要节制的。因为从某种意义来讲，温暖代表着宗教的精神啊。有很多人误解了"温暖"，以为它的背后，是简单的"诗情画意"，其实不然。真正的温暖，是从苍凉和苦难中生成的！能在浮华的人世间，拾取这一脉温暖，让我觉得生命还是灿烂的。

一百四十多年前，达尔文看到一株来自热带雨林的兰花，发现它的花蜜藏在花茎下约十二英寸的地方，于是预言将有一只有着同等长度舌头的巨蛾，生长在热带雨林，当时很多生物学家认为他这是"疯狂的想法"。可是一百多年后，在热带雨林，野外考察的科学家发现了巨蛾！通过电视，我看到了摄像机拍到的那个动人的瞬间：一株兰花，在热带雨林的夜晚安闲地开放着。忽然，一只巨蛾，飘飘洒洒地朝兰花飞来。它落到兰花上，将那柔软的、长长的舌头，一点一点地蓄进花蕊，随着那针似的舌头渐渐地探到花蕊深处，我的心狂跳着，因为我知道，巨蛾就要吮到花蜜了！那锁在深处的蜜，只为一种生灵而生，这样的花蜜，带着股拒世的傲气，让人感动。其实只要是花蜜，不管它藏得多么深，总会有与之相配的生灵发现它。从这个角度来说，任何的写作者，都是幸福的。因为这世上，真正的"酿造"，是不会被埋没和尘封的。

心在千山外

在中国的北部边陲，也就是我的故乡大兴安岭，生活着一支以放养驯鹿为生的鄂温克人。他们住在夜晚时可以看见星星的撮罗子里，食兽肉，穿兽皮。驯鹿去哪里觅食，他们就会跟着到哪里。漫漫长冬时，他们三四天就得进行一次搬迁，而夏季在一个营地至多也不过停留半个月。那里的每一道山梁都留下了他们和驯鹿的足迹。

由于自然生态的蜕化，这个部落在山林中的生活越来越艰难，驯鹿可食的苔藓逐年减少，猎物也越来越稀少。三年前，他们不得不下山定居。但他们下山后却适应不了现代生活，于是，又一批批地陆续回归山林。

去年八月，我追踪他们的足迹，来到他们生活的营地，对他们进行采访。其中一个老萨满的命运引起了我巨大的情感震荡。

　　萨满在这个部落里就是医生的角色。他们为人除病不是用药物，而是通过与神灵的沟通，来治疗人的疾病。不论男女，都可成为萨满。他们在成为萨满前，会表现出一些与常人不一样的举止，展现出他们的神力。比如他们可以光着脚在雪地上奔跑，而脚却不会被冻伤；他们连续十几天不吃不喝，却能精力充沛地狩猎；他们可以用舌头触碰烧得滚烫的铁块，却不会留有任何伤痕。这说明，他们身上附着神力了。他们为人治病，借助的就是这种神力。而那些被救治的，往往都是病入膏肓的人。萨满在为人治病前要披挂上神衣、神帽和神裙，还要宰杀驯鹿献祭给神灵，祈求神灵附体。这个仪式被称为"跳神"。萨满在跳神时手持神鼓，他们可以在舞蹈和歌唱声中让一个人起死回生。

　　我要说的这个萨满，已经去世了。她是这个放养驯鹿的鄂温克部落的最后一个萨满。她一生有很多孩子，可这些孩子往往在她跳神时猝死。她在第一次失去孩子的时候，就得到了神灵的谕示，那就是说她救了不该救的人，所以她的孩子将作为替代品被神灵取走，可是她并未因此而放弃治病救人。就这样，她一生救了无数的人，她多半的孩子却因此而过早地离世，可她并未因此而悔恨。我觉得她悲壮而凄美的一生深刻地体现出了人的梦想与现实的冲突。治病救人对一个萨满来讲，是她的天职，也是她的宗教。当这种天职在现实中损及她个人的爱时，她义无反顾地选择了前者——也就是"大爱"。而真正超越了污浊而残忍的现实的梦想，是人类渴望达到的圣景。这个萨满用她那颗大度、善良而又悲悯的心达到了。我觉得她就是一个伟大的作家，她一生的经历就是一部杰作。我在长篇小说《额尔古纳河右岸》中，把这个萨满的命运作为了一条主线。

我心目中的伟大作品，就是这种经过了现实千万次的"炼狱"，抵达了真正梦想之境的史诗。一个作家要有伟大的胸怀和眼光，这样才可以有非凡的想象力和洞察力。我们不可能走遍世界，但我们的心总在路上。这样你即使身居陋室，心却能在千山外。最可怕的是身体在路上，心却在牢笼中！

枕边的夜莺

我喜欢躺着读书，这个习惯的养成已有二十多年了，从枕边掠过的书，自然是少不了的。

十七八岁，我读师专的时候，开始了真正的读书。每到寒暑假，最惬意的事情，就是躺在故乡的火炕上看书。至于读了些什么，已经记不清了，但读书的情景却历历在目。夏天时，闻够了墨香，我会敞开窗子，嗅花圃搅起的一波一波的香气；冬天时，窗外的北风吹得窗纸唰啦啦响，我便把书页也翻得唰啦啦响。疲倦的时候，我会撇下书，趴在窗台上看风景。窗外的园田被雪花装点得一片洁白，像是老天铺下来的一张纸。

如果说枕头是花托的话，那么书籍就是花瓣。花托只有一个，花瓣却是层层叠叠的。每一本看过的书，都是一片谢了的花瓣。有的花瓣可以当作标本，作为永久的珍藏；有的则因着庸常，随着风雨化作泥了。

这二十多年来，不管我的读书趣味发生了怎样的变化，有一类书始终横在我的枕畔，就像一个永不破碎的梦，那就是古诗词。夜晚，读几首喜欢的诗词，就像吃了可口的夜宵，入睡时心里暖暖的。

我最喜欢的词人，是辛弃疾。一句"青山遮不住，毕竟东流去"，让我对他的词永生爱意，《稼轩集》便是百读不厌的了。屈原、李白、杜甫、白居易、李商隐、陆游、苏轼、李清照、李煜、纳兰性德、温庭筠、黄庭坚、范仲淹，也都令我喜爱。有的时候，读到动心处，我会忍不住低声吟诵出来，好像不经过如此"咀嚼"，就愧对了这甘美至极的"食粮"似的。

我父亲最推崇的诗人，就是曹植了。因为爱极了他的《洛神赋》，我一出生，父亲就把"子建"的名字给了我。长大成人后，我不止一次读过《洛神赋》，总觉得它的辞藻过于华丽，浓艳得有点让人眼晕。直到前几年，我的个人生活遭遇变故，再读《洛神赋》，读出了一种朴素而凄清的美！洛水上的神仙宓妃，惊鸿一现，顷刻间就化作烟波了。"悼良会之永绝兮，哀一逝而异乡"，"恨人神之道殊兮"，这才是曹植最想表达的。他以短短一曲《洛神赋》，写出了爱情的短暂、圣洁、美好，写出了世事的无常。我真的没有想到，曹植在诗中所描述的一切，正是我此刻的感悟，原来父亲早就知道，幻影才是永恒的啊！所以现在读《洛神赋》，别有一番滋味在心头！

中国的古典诗词，意境优美，禅意深厚，能够开启心智。当你愤慨于生活中的种种不公，却又无可奈何时，读一读黄庭坚的"贤愚千载知谁是？满眼蓬蒿共一丘"，你就会获得解脱。而当你意志消沉、黯然神伤时，读一读张若虚的《春江花月夜》，你就会觉得所有的不快都是过眼云烟。从这个意义上说，那些古诗词就是我枕畔的《圣经》。

这些伟大的诗人，之所以能写出流传千古的诗句，在于他们有着对黑暗永不妥协的精神。他们高洁的灵魂，使个人的不幸得到了升华。杜甫评价李白时，曾满怀怜惜和愤懑地写道："敏捷诗千首，飘零酒一杯。"而这是那个时代大多数诗人坎坷命运的真实写照！个人的生死，在他们眼里，不过草芥，所以他们的诗词才有着大悲悯、大哀愁，这也是我深深喜爱他们的原因。

无论是读书还是写作，我们都在经历着一个前所未有的喧嚣时刻。能够保持一份清醒和独立，在读书中去伪求真、去芜存菁，并不是一件容易的事。我的枕畔，也曾有过名声显赫却难以卒读的书，但它们很快就从我的记忆中消失了。能够留下的，是鲁迅，是《红楼梦》，是《牡丹亭》《聊斋志异》，是雨果和陀思妥耶夫斯基，等等，这些人的书和这些作品可以一读再读。它们不会随着时光的流逝而变旧，它们是日出，每一次出现都是夺目的。

　　我常想，我枕边的一册册古诗词，就是一只只夜莺，它们栖息在书林中，婉转地歌唱。它们清新、湿润，宛如上天洒向尘世的一场宜人的夜露。

好书如寂寞开放的樱花

一六一六年四月二十三日的夜空，一定超乎寻常的灿烂。生不同时的塞万提斯和莎士比亚，在同一个日子离世。当两颗文学巨星相逢于天国之际，我想天堂也会落泪吧。

这个充满玄机的四月二十三日，在一九九五年，被联合国教科文组织命名为"世界读书日"。

今年，已经是第十六个"世界读书日"了。

央视《子午书简》的制片人李潘，这个我戏称为"潘娘子"的爱书人，在三月底就打来电话，说是策划了一期特别节目《书香中国》，想请几个作家来谈谈读书。

于是，我来到了四月的北京。

节目录制点在大兴的星光梅地亚。那天北京黄沙漫天，从机场高速乘车去大兴，感觉是来到了大西北，说不出的苍凉。大兴正在"大兴"土木，到处是工地。一个到处是工地的地方，就像一台音质不好的半导体收音机，嘈杂不堪，是旅人最不喜欢的。

入住酒店后，简单吃了点东西，天色已昏。因为空气不好，惯例的傍晚散步，也就取消了。我躺在床上翻闲书的时候，走廊里忽而传来"咿呀"的练歌声，忽而又传来乐器的演练声，感觉自己是睡在一架破旧的钢琴上，稍一不慎，触碰了哪个键子，它就会喑哑地叫起来。

后来窗外的风，加入了这夜晚的合唱。听着越来越强劲的风声，我的心明朗起来。北京的朋友对我说，只要前一夜刮大风，第二天这个城市就有蓝天可看啦！

果然！次日风住了，晴空如洗！早饭后我迫不及待地出去散步，发现院子里有很多花树。桃花谢了满地，像是哪个姑娘洗了几条银粉的丝巾，晾晒在桃树下而忘了收，看上去皱皱巴巴的，却还带着一股抹不去的芳华，惹人怜爱；红色的榆叶梅正在盛时，花容娇艳；西府海棠和初放的紫丁香，香气蓬勃。最令我兴奋的，是一条小路上，竟然栽种着一排樱花，大约有二三十株！半个多月前，我小说的日文翻译者，从东京发来一张怒放的樱花的图片，上面附言"国破了，但樱花开了"，勾起了我看樱花的欲望。没想到我竟在大兴的星光梅地亚，与樱花不期而遇！

日本民谚有"樱花七日"之说，说明樱花花期之短。我眼前的樱花，想来开了一周了吧，虽然枝条上的花朵依然生动，但树下已积了厚厚一层的花瓣了。如果说樱花是一支燃烧的蜡烛的话，那么边开边谢的花瓣，就是它洒下的烛泪了。那些重瓣的樱花，粉红色，团团簇簇，比朝霞还要鲜润。你盯着一朵花美美地赏着时，突然微风搅动了花心，花瓣便像云朵一样游移而出，刹那就谢了，凋零得如此壮丽！樱花仿佛是刚给自己唱完生日歌，又得唱安魂曲。

我在樱花树下流连忘返，可是来来往往的行人，那些带着孩子来追寻明星梦的家长，背着吉他匆匆走过的乐手，奔向各个摄影棚的节目主持人和工作人员，没谁在樱花树下驻足片刻，甚至连看也不看它们一眼。樱花以柔弱的落英，敲打着行人的脚，可它的敲打实在太轻太轻了，没谁察觉。

当日下午在节目录制现场，主持人让上场的作家，每人选择一段心目中最美的文字来朗诵，我选择的是萧红《呼兰河传》中关于火烧云的描写。萧红的命运，也有点樱花的气质，花开花谢，瞬息之间。她留下的，是茅盾先生所言的"一串凄婉的歌谣"。如今在图书销售排行榜上，哪里还能寻到鲁迅、萧红、沈从文这些真正的大家的名字？好书很少在热闹之中，它们总是独处一隅，寂寞开放，如同那些无人观赏的樱花，虽然开在春天，却置身于清秋的气氛中！

录完节目，进城与朋友们聚会回来，已是晚上十点多了。我在夜色中散步，路过一个摄影棚时，那里灯火辉煌，笑语喧天的。我问了一下门外的保安，他说里面正在录制《欢乐英雄》。我溜进棚里，感觉是撞进了雷电区。台上是炫目的灯光，是尽情表演着的红男绿女，台下是挥舞着荧光棒欢呼着的观众。我站在那儿，耳朵被震得嗡嗡叫，遇见强光的眼睛忍不住哗哗流泪，很快就出来了。

三百九十五年前四月二十三日去世的两位大文豪，都留下了后人难以逾越的巨作，光耀千秋。莎士比亚在他故乡斯特拉福镇的圣三一教堂安眠着，他的墓前永远有鲜花环绕；而生前境遇凄凉的塞万提斯，下葬时却连一块墓碑都没有，他的墓在哪里，至今是个谜。不过，塞万提斯已经为自己树起了一座永远不倒的碑——《堂吉诃德》。一个伟大作家的墓碑，可以不用镌刻他自己的名字，因为只有他的作品是丰碑的时候，他的名字才会真正留下。

我又踏上了樱花小路。因为有路灯的映衬，樱花在夜晚依然明亮着。站在花树下，忽然一阵疾风吹过，顷刻之间，淋了一身的樱花雨！这样的花雨，与其说来自樱花树，不如说来自天上，因为好风起自天堂啊！

一个作家应该谢谢什么

对于我这样一个出生在中国最北端的写作者来说，首先要谢谢脚下的冻土地，它在五十四年前元宵节的黄昏，让我落脚，尽管我像其他婴儿一样，带给它的第一声是哭声。但大地就是大地，它从不会因哭声而不向我们敞开怀抱。其次我要谢谢正月的飞雪，它使我睁开眼睛，就看见它们精灵般的舞蹈，尽管它们脱胎于天，但也选择大地作为飞翔的终点——它是为大地的复苏，做着滋润的储备吧。当然，还要谢谢长夜火炉里燃烧的劈柴，以及户外寒风中飘拂的灯笼，它给予一个婴儿的身体和眼睛，以最初的暖和光明。

我渐渐长大了，大自然让我知道春花不会永远开，冬天的寒风也不会没有闭嘴的时刻。我要谢谢姥姥给我讲的神话故事，让我知道生命以外还有星空；我要谢谢姥爷给我讲的采金故事，让我知道闪光而珍贵的东西，常埋于深处，要去挖掘。我要谢谢妈妈，她在我六岁时带着我们姐弟回乡，由于长途客车中途抛锚，我们赶到三合站码头时，每周一趟的大轮船，已经起航了。我在妈妈近乎绝望的哭声中，看着那艘渐行渐远的轮船，明白自己虽然爱做会飞的梦，却是没有翅膀的家伙！我要谢谢会拉琴的爸爸，他让琴声在一座山村小镇的泥屋萦绕，让我懂得，能从屋顶袅袅升起的，不止炊烟，还有音乐。

我要谢谢夏日的激流，那些诱人的野果常生长在镇子对岸，我想采得，必须学会渡过激流；我要谢谢暴风雪，当我在户外迎击它时，不仅要穿得暖，还要学会奔跑，让血液快速流动，点燃自己。我要谢谢那些长着如水眼睛的小动物，猫儿是粮仓的守护神，而看家狗就是门上的锁头。当然，我也要谢谢山中那一座座曾给我带来恐惧的坟墓，它们是森林一年四季都会生长出来的"蘑菇"，让我知道生命是有句号的，句号前的每一个逗号都是呼吸。

我要谢谢端午采到的带着露水的艾蒿，赏过的中秋圆月和除夕焰火，园田和地窖的蔬菜，豆腐坊的豆腐，以及家乡河流的鱼。它们给予我精神和身体双重的营养。谢谢帮我们犁地的牛，给我们下蛋的鸡，来我们窗前歌唱的燕子，当然还要感谢马车——它曾载着童年的我进城买年画，也载着成人的我去山外求学，最后它还载着红棺材，把爷爷和爸爸送到松林安息处。

我还要谢谢在异域相遇的莫斯科郊外教堂打扫祭坛烛油的老妇人，让我懂得光明的获得不在仰头时刻，而在低头一瞬；谢谢在悉尼火车站遭遇的精神颓废的土著，突然发出的悲凉无奈的哭声，让我反思现代文明丛林里游荡着多少无可皈依的灵魂；谢谢在都柏林海滩相遇的迎风而立的盲人老妪，让我懂得听海的心比看海更重要；谢谢在卑尔根格里格故居赏乐时，那扇不推自开的门，让我幻想是格里格回来了；谢谢能够在香港维多利亚海滩上空看见飞翔的鹰，让我从同样盘旋着私人飞机的那片视域中，辨出这世上真正的繁华是什么；谢谢阿根廷大冰川以悲壮的一次次解体，为我们敲示的警钟；谢谢巴黎奥赛博物馆里米勒的油画，让我知道经典的魅力；谢谢在美国爱荷华国际写作坊时，与聂华苓老师把酒言谈的每个时刻，山坡一闪一闪的野鹿，让我们把目光转向窗外的精灵。

我要谢谢乡亲，三十二年前我父亲去世后，我去井台挑水，所有的人自动闪开，无声地让给一个刚失去父亲的人，一条优先打水的雪路；谢谢已经离世十六年的爱人，他带走了爱，却留给我故乡依然明亮的窗，让我看到天上人间，咫尺之遥。爱人的永诀给予我痛，但透过个人的痛，我看到了众生之痛。我要谢谢我年过半百孤独地行走在故乡的雪野时，在我头顶呀呀飞过的乌鸦，它们以骑士的姿态，身披黑鬃，接替爱人，护卫着我。我要谢谢磨难，谢谢我生命中从未断过的寒流，它们的吹打，使我筋骨更加强健，能够紧握不离不弃的笔，发现和书写着这大地之泥泞、之壮美，之创痛、之深沉，成为一个不会倒在命运隘口的人。我要谢谢我笔下因之诞生的人物，让我在一个虚构的世界中，与高贵的灵魂对话，也识得魑魅魍魉。

当然，在我们的生活中，还有很多无处答谢的谢谢，那是我作品闪烁的人性之光的来源吧。比如我爱人去世的那年春天，正是婆婆丁生长的时节，我妈妈好几次清晨打开家门，发现院门外放着谁采来悄悄送给我们的婆婆丁，妈妈说这一定是大家知道她失去了女婿，一家人沉浸在悲伤中，特意采来可以败火的婆婆丁给我们。这种馈赠，怎能忘怀！

一个作家写了三十多年，在持续攀登的时候，也会遭遇写作的艰难时刻。我要谢谢这样的时刻，它让我知道有所停顿，懂得自省，在伟大的书籍和丰富复杂的生活中汲取营养。只有储备更足，脚踏实地，艺术的翅膀才会刚健，才有可能实现真正的飞跃。

当一个作家能够对万事万物学会感恩，你会发现除了风雨后的彩虹、拥着一轮明月入睡的河流，那在垃圾堆旁傲然绽放的花朵和在瓦砾中顽强生长的碧草，也是美的。酸甜苦辣，是人生和写作的春夏秋冬，缺一不可。而从我们降生到大地的那一刻，当我们与母体相连的那条脐带被"咔嚓——"剪断时，我们生命的脐带，就与脚下的大地终生相连了。这条看不见的脐带，流淌着民族之血、命运之血，无论你身处何方，无论它是清澈还是浑浊，无论冷热，也无论浓淡，它注定是我们的命根子，是我们的心脏得以勃勃跳动的情感溪流，是我们的笔得以飞升的动力之源。谢谢这条脐带吧。

编辑附记

"壹本"系列以"一本书了解一位名家"为宗旨，从当下读者爱读、想读和需要读的角度进行编选，打破文体的界限，精选现当代文学名家经典之作，版本精良。

本书精选著名作家迟子建的小说和散文代表作。为了方便读者阅读，同时兼顾原作风貌，在编辑过程中，适当修改了明显的排印错误和个别容易造成理解混乱的字词及标点符号。对于体现作家鲜明创作个性的字词和反映当时行文习惯的标点符号予以保留。

图书在版编目(CIP)数据

北方的盐:迟子建精读/迟子建著.—杭州:浙江文艺出版社,2021.7(2021.11重印)

ISBN 978-7-5339-6411-5

Ⅰ.①北… Ⅱ.①迟… Ⅲ.①短篇小说—小说集—中国—当代②散文集—中国—当代 Ⅳ.①I217.2

中国版本图书馆CIP数据核字(2021)第031802号

策划统筹 王晓乐
责任编辑 张 雯 邓东山
责任校对 许红梅
责任印制 张丽敏
版式设计 吕翡翠
封面设计 介 桑
营销编辑 张恩惠

北方的盐——迟子建精读

迟子建 著

出版发行 浙江文艺出版社
地　　址 杭州市体育场路347号
邮　　编 310006
电　　话 0571-85176953(总编办)
　　　　 0571-85152727(市场部)
制　　版 杭州天一图文制作有限公司
印　　刷 浙江新华数码印务有限公司
开　　本 880毫米×1230毫米 1/32
字　　数 153千字
印　　张 8
插　　页 2
版　　次 2021年7月第1版
印　　次 2021年11月第2次印刷
书　　号 ISBN 978-7-5339-6411-5
定　　价 39.80元

版权所有　侵权必究
(如有印装质量问题,影响阅读,请与市场部联系调换)